客家［ハッカ］の女たち
STORIES OF HAKKA WOMEN

鍾理和《チョン・リーホー》
李喬《リ・チアオ》
彭小妍《ポン・シアオイエン》
呉錦発《ウ・チンファ》
鍾鉄民《チョン・ティエミン》
鍾肇政《チョン・チャオチョン》

監訳
松浦恒雄

国書刊行会

客家の女たち▼目次

編集協力　彭瑞金

客家の女たち

貧しい夫婦

鍾理和▼澤井律之 訳

1

製糖工場のトロッコ列車を下りて、周囲を見わたしたが、平妹《ピンメイ》の姿が見えない。どうしたんだろう。私の手紙を受け取っていないのかもしれない。受け取っていれば、きっと来るはずだ。彼女は私の妻であり、私は妻のことをよく理解していた。時間に間に合わなかったのかもしれない。ならば途中で会えるだろう。

私は、風呂敷包みを下げて、東南の山のふもとにある我が家に向かってゆっくりと歩き始めた。もう何年も歩いていない。病気のために私の身体はすっかり弱ってしまい、歩くにも力がいった。

三年もの間、私は家を離れて入院していた。二年目に一度だけ平妹が病院へ見舞いに来たが、それ以来会っていない。三年間、家のことを思いこがれない日はなかった。この三年の日々を家族はどのように過ごしたのだろう。暮らしぶりは、どうだったのだろう。長期にわたる医療費によって少しばかりあった財産もほとんど使い果たしてしまったけれども、私はよいほうに考えた。考えたというよりも、ただそう願っていただけなのかもしれない。家族はきっと幸せに過ごしている。そう思わなければ、気が安まらなかった。

それほど妻を愛していたからでもあったが、そのほかにも理由があった。

私と平妹《ピンメイ》の結婚は、家と旧い慣習の猛烈な反対に遭った。幾つもの苦しみを乗り越え、家との決裂も辞さず、やっと夫婦になれたのだ。私たちは、愛のためにたいへんな苦労をした。だからこそ、苦楽を分かち合い、十数年来ずっと愛し合ってきたのだ。高い地位も富も、美田もいらない。雨露をしのぐ家があり、夫婦二人が人に干渉されず、ひっそりと暮らし、仲よく、ともに年老いる。それだけで満足なのだ。

私たちは、当初台湾を離れて暮らしていたが、祖国復帰（一九四五年日本の敗戦にともない、台湾は中国に返還された）の翌年、台湾に戻った。これまでの十数年間、夫婦よりそい、ほとんど離れたことがなかった。ところが、こんなふうに病気になって三年も入院してしまうこととなったのだ。この期間、私が思い、待ちこがれたのと同じように、平妹もどれほど思い、待ちこがれたことだろう。

村を出ると、広々とした道がまっすぐ東に続いていた。学校を過ぎ、小さな坂を下ると、細い道が東北に向かって分かれている。それが、家への近道だ。坂を下りたとき、その細い道の脇にある木陰で、一人の女が子供を連れ、首を伸ばしてしきりにこちらを見ていた。平妹だ。

私が行くと、平妹は迎えに出てきて、荷物を手に取った。

「平妹」私は、気持ちの高ぶりを押さえきれずに言った。

平妹は、うつむいたままだが、眼には涙が溢れている。子供は母親にすがりつき、私と母親をうかがっていた。家を離れたときは生まれて数箇月だった立児《リール》も、今ではもう四歳だ。

平妹と子供を見ていると、いろんな思いが湧き起こり、胸がいっぱいになった。

平妹は、袖で涙を拭ったが、私は黙って彼女を見ていた。この三年で、ずいぶん痩せたようだ。

気分が落ち着くのを待って、「平妹、手紙を受け取らなかったのかい」と聞いた。

平妹は、静かに目を上げた。涙は止まっていたが、まだ涙の粒が光っている。

「受け取ったわ」

「ならどうして駅まで来てくれなかったんだ」

「いやなの」彼女は口ごもりながら言って、またうつむいた。「駅は人が多いんですもの」

「人が嫌いなのか」

私は、二週間の旅行に出かけたときのことを思い出した。平妹《ピンメイ》は、駅まで見送りに来て急に泣き出した。まるで、私が洋行にでも出て、何年間も離れればなれになるかのようだった。私は、気が重くなったものだった。

「人に泣くのを見られたくないからだろ」

平妹は無言で、さらに深くうつむいた。

しばらく黙っていたが、また聞いた。

「ぼくが帰って来たのに、まだ悲しいのかい」

「うれしいのよ」平妹は、顔を上げて、子供の顎に手をそえて言った。「お父さんよ、どうしてお父さんと呼ばないの。お父さんと呼ぶってお家で言ってたでしょ」

私たちの気持ちの高ぶりが、ようやく静まってきた。彼女の顔にも少し笑みが浮かんだ。

私はさらにたずねた。

「暮らし向きはどうだい」

「とてもいいわ」平妹は、寂しそうな笑顔を見せて答えた。

その表情をじっと見つめていると、すまないという気持ちがこみあげてきた。

彼女の手を取って、繰り返し撫でてみた。痩せこけ、古いのやら新しいのやら切り傷だらけで、掌には分厚いたこができていた。見れば見るほどつらくなる。

「苦労をかけたね」私は言った。

「たいしたことないわ」平妹は手をひっこめ、しばらく黙ってから言った。「あなたの病気がよくなれば、少しくらいの苦労は平気よ」

2

家じゅうのものが、すっきりと片づけられ、整然としていた。女らしい細やかな気配りからくる、安らかな落ちついた雰囲気が、家全体を包んでいた。一歩足を踏み入れただけで、ゆったりとした気分になった。この気分は、長らく家を離れていた者でなければわからないものだ。それは、さまよっていた心を穏やかにしてくれた。

しかし、それと同時に、私たちの境遇がいかにきびしく、大変なものであるかにも気づかされた。私の病のためにどれだけの財産を使い果たしたか、一目でわかった。平妹《ピンメイ》と二人の子供が生きてゆくための拠り所を私は奪い取ったのだ。この思いが、私を苦しめた。

「土地を残しておくべきだったのかな。あれだけあれば、これからの、おまえと二人の子供の暮らしに問題はなかったのに」夜、寝床で私は言った。

「何言ってるの」平妹は不機嫌になった。「あなたがよくなって帰って来るのをどれほど待っていたか。こんなによろこんでいるのに、そんなこと二度と言わないで。怒るわよ」

私は、感激のあまり彼女を抱いた。彼女は、私の肩に顔を寄せた。

「あなたは治らないって皆が言うの。土地は売らないで、後々の生活のために残しておいたほうがいいって。でも、あなたは死なないって信じてたわ」少し間を置いて、小声で言った。「こんなに苦しんだのだから、神様だって私たちを憐れんでくれるはずよ。百歳まで長生きしてね。子供が成長して大人になるのも、私があなたの目の前で安らかに死ぬのも見とどけてね。夫が先に死ぬのが幸せだというけど、私は自分が死ぬときそばにあなたがいてほしいの。そうでないと悲しいわ」

　私たちに残された唯一の財産は、家の東側の三十アールほどのちっぽけな田畑だけだった。この数年間に、平妹は鋤き、耕し、植え、刈るという農夫の仕事をすべて習得した。畑仕事が終わると、今度は近隣の金持ちの家々や林管局（台湾省農林庁林業管理局）の造林地で働いた。私が帰った数日は、寺に雇われて山地を開墾していた。彼女は、さまざまな家事をきちんとこなしてから、鎌を持って仕事に出かけた。昼や夕方になると、急いで戻って来て、火を起こし食事を用意した。行ったり来たりで大忙しだったが、いつも微笑みをたやさずにすべてをやり遂げた。

　ある日、平妹が寺から帰って来た。日はもう暮れかけていた。彼女は、座って息つく暇もなく、鍋を手に取って台所へ向かった。忙しく立ち働いている彼女の後姿を見ていると、実に忍びなく、私は自問した。なぜ自分が食事を作らないのかと。

　翌日、私はさっそく作り始めた。大人子供あわせて四人分の食事の支度は、たやすくできた。平妹が帰ってくる頃には、昼食の準備ができていた。彼女は驚いたが、すぐに心配し始めた。

「へっちゃらさ。おまえが時間を気にしなくてもいいように、ちょっと手伝うだけだから」私は、心配をかけまいと笑顔でとり繕った。

　これ以後、料理、皿洗い、掃除、豚の餌やり、裁縫、子どもの世話など家庭の主婦のさまざまな仕事をだんだんと覚えていった。ただ、洗濯だけはどうしてもうまくいかなかった。こうして、いつのまにか私たちは、互いの立場と責任を交換していた。平妹が外で働き、私が家を守る。彼女は立派な夫で、私はよい妻だった。

　平妹が畑仕事をしているときには、午前午後熱い茶を入れて畑へ運び、彼女を一服させた。仕事で汗をかいたら、きっと熱い茶が飲みたくなるだろうと思ったのだ。

幸せそうに熱い茶を飲んでいる平妹を見ていると、自分まで思わずうれしくなった。私は、彼女に男のような仕事をさせていたけれども、やはりその美しい笑顔が見たかった。彼女の喜びは、私の喜びでもあった。

3

物質的な豊かさとは無縁だったが、二つの心の堅い信頼に支えられ、私たちの暮らしは、そこそこに楽しく、満たされていた。しかし、わずかばかりの田畑で、家族四人を養うのはやはり難しく、平妹《ピンメイ》にも常に手間仕事があるわけではないので、生活はいつも不安定であった。

ある日の夕方、私たちは庭でくつろいでいた。脇の道を数十人の人間が、木材を担いで通り過ぎてゆく。中には女性も少し混じっていた。新聞でしばしば取り上げられている盗木だ。彼らは、早朝中央山脈の奥地に潜入し、林管局のチークを伐採し、日没時分に担ぎ出して業者に売り払うのだ。

私たちは、人々が通り過ぎるのを黙って眺めていた。突然平妹が、自分も明日彼らといっしょに木材を運びに行きたいと言い出した。

「おまえが、木材を運ぶって」私は驚いた。

全身汗まみれで、顔を真っ赤にし、あえぎあえぎ木材を担いでいた人々の凄まじい形相が、目の前に浮かんだ。私の心臓は、針で刺されたようにきゅっと痛んだ。恐ろしいことだ。

「平妹、その必要はないよ。食べ物を節約すれば、なんとかなるから」厳しく言ったつもりの私の言葉は、哀願するかのように響いた。

そうは言ったものの、暮らしが容易でないことは、私自身がわかっていた。最もつらいのは、改善の見通しが立たないことであった。事態は「食べ物を節約する」程度で対処できるものではなくなっていた。

薪、米、油、塩、醤油、酢、茶（「開門七件事」といって、生活に必要な七つのもの）、これらは人々には当たり前の日用品であるが、私たちにはいずれもが重荷であった。貧しい家庭がこれらのものに対してどのような思いを懐いているか、普通の人々にはわからないだろう。私もこの歳になってやっとわかった。普通の人々からすれば考えずにすむ多くのことを、貧乏人は全身全霊を傾けて考え、対処しなければならないのだ。

子供が学校に上がると、教育費がさらに追い打ちをかけた。私は、毎日薬を服用することはなかったが、医療費も馬鹿にならない。圧力は、方々から加わった。

ついにある日、平妹《ピンメイ》が盗木に出かけた。

平妹があの一団といっしょに山道を登って行くのを私は黙って見ていた。愛する人が獄吏に引っぱられ牢屋へ押し込められるのを見送っているようで、悲痛な気持ちになった。このときほど自分の軟弱さと無能を怨《うら》んだことはなかった。ある抗しがたい力が働き、私たちの生活と行動を残酷無情に支配しているのだと思えてならなかった。私たちの意志は、すでに手足をもがれたも同然だった。

日が山に落ちてまもなく、平妹は無事に木材を担いで裏のほうから帰って来た。彼女の服は、汗でびっしょりと濡れ、ズボンも半分湿っていた。顔中から汗がふき出し、髪まで濡れ、ほつれた髪の毛が汗で顔に貼りつき、見ていると怖ろしくなった。私を見て微笑もうとしたが、笑みにならず、肩にのしかかっている木材の重さのためか口がゆがんでいた。胸がかきむしられるようで、叫び声をあげそうになった。しかし、私は思いを嚙み殺し、ただ顔をそむけた。見るのがつらく、声さえかけられなかった。

平妹は、木材を担いで家の中に入り、壁に立てかけた。皮がついたままのチーク材で、厚さ約十センチメートル、長さ一メートル、二十元あまりで売れるらしい。私はすぐに戸を閉めた。

木材の二字にふれるのが怖くて、夜まで黙っていた。

「木材を運ぶのが気に入らないの」

平妹が、ついに口を開いた。私の沈黙が彼女にはつらかったのだろう。

「好きで木材運んでるんじゃないわ。生活のためには仕方がないでしょう」言い訳が、傷ましく感じられた。

実を言えば、私もこのときの自分の気持ちがよくわからないのだ。複雑で矛盾した、恨みも、悲しみも、恐れも含まれたものだった。恨みというのは、自分が夫として妻子を養うことができず、逆に扶養されていること、悲しみというのは、妻がついに盗木に行かねばならなくなったことだ。木の切り口に深淵が見え、私たちはそこに向かって一歩一歩近づいているように思えた。これが、私の恐れであった。

4

翌日、平妹《ピンメイ》はまた木材を運びに行くことになった。私は、おにぎりを二つ握って、竹の皮で包み、さらに彼女のスカーフにくるんで持って行かせた。弁当箱がいらないし、食べ終わったら竹の皮を捨てればよいので、少しは持ち物が減る。こういう場合、身は軽ければ軽いほどよい。

この日、正午になると私は何度も東の山を眺めやった。平妹の帰りが心配だったのと、見慣れない人物の出入りがないかを確かめるためだった。これは、大事なことで、木材を運ぶ者の安全に関わった。

当地の事務所には、常に数名の林警（林務警察、林業管理局の警備員）が駐在していたが、上の林管局の査察がなければ、普段はあまり警備に出なかった。出てもいい加減であった。こうした日は、ほぼ安全である。しかし、もし上からの査察があれば、状況は一変する。身の安全のため、盗木の一団は、情報を探る専属の男を雇い、何か普段とは異なる動きがあれば、すぐに山に入って知らせることになっていた。その男は、地獄耳で、林管局の行動を、必ず事前にかぎつけた。ただ困ったことに、彼は酒と博打を好んだ。いったんそれを始めると、他のことにはおかまいなしになった。これが盗木の一団のいちばんの気がかりであった。

昼すぎに、三、四人の白い服装の人物が、突然南からやって来た。私は、窓の格子越しに数分間、様子をうかがった。大変だ。林管局の局員だ。

彼らに気がついてからは、いても立ってもいられなくなった。しょっちゅう庭の端まで出て行って東の山の動静をうかがった。そこには二本の道があり、寺の前で分岐し、一本は東に、一本はやや東北に向かっていた。東に向かう道は事務所の前を通るので、盗木の一団はもう一方の道を行った。もしも情勢が悪ければ、どちらの道も通れないので、彼らは山を越えて別のところから逃げなければならない。そうなると哀れだ。そうならぬよう願った。

情報係め、あの飲んだくれは何をしてるんだ。まだ姿を見せない。こん畜生め。

太陽が西に傾き、だんだん黄昏が迫ってきた。動きはない。情報係の姿も見えない。私は、ますます焦燥にかられ、不安になった。日は、西の山に半ば沈み、黄昏が周囲に向かって徐々に広がり、深く、濃くなり始めた。夕飯を支度する時間だ。

突然、庭の外側の道を早足で通り過ぎる重い足音が聞こえた。見ると、あの飲んだくれだ。ほとんど走りださんばかりにあわてている。

「阿和《アホー》、平妹は出かけたのか」彼は、私に向かって叫んだ。

「ああ。皆は、どこにいる」

「枋寮《ファンリアオ》だ」

「いったい、あんたは……」

飲んだくれは、そのまま行ってしまった。

私は、家事をしながら東の山の登り口を見つめていた。林警が出動すると、盗木の一団は見つからないように防御線を突破しなければならない。ここが運命の分かれ目だ。もしも、不幸にして見つかった場合、苦労して担いできた木材を捨ててしまえば、罪は免れる。盗木もろとも捕まると最悪である。罰金のほかに、懲役三箇月だ。扶養家族は、その間どうなる。お先真っ暗だ。

宵闇が迫ってきたが、何の動きもない。どこかいつもと違う。盗木の一団は無事だろうか。林警は出動したのだろうか。情報係は間に合ったのだろうか。やつは、なぜこんなに遅れたんだ。あの飲んだくれめ。

日が完全に暮れて、空に三日月が懸かった。私は、二人の子供に食べさせて、長男に弟と眠るよう言いつけた。そして、自分が行っても役に立たないことを知りつつも、すぐに東の山の登り口に向かった。

寺の手前で曲がって谷に入った。川に下り、坂を上ると川沿いの道のそばに一枚の田があった。田の畦を通り過ぎると、突然前方で叫び声が上がった。誰かが「止まれ、逃げるな」と怒鳴っている。さらに「ワーッ」という叫び声が、驚いた牛の群のように突進してきた。

私は、我が身を顧みず、前に向かって走ろうとしたが、走りかけたところに、数人がひとかたまりになって前方から道に沿って駆けて来た。肩に木材を担いでいる。私は、さっと木陰に隠れた。五、六人の男たちが、息を喘《あえ》がせ、うろたえながら走り過ぎた。二人の林警が、ぴったり後ろについて追いかけている。十メートル足らずに迫ったところで、「止まれ、逃げるな」と林警が怒鳴った。ドスン、ドスンと音がした。男たちが、木材を放り投げる音だ。

私は、木陰から出て、再び前方に向かって走った。道沿いに数本の木材が落ちていた。「あそこだ、あそこだ」前方で、何度も叫び声がした。見ると、向かいの小川のそばに開けた田の中で、無数の人影が散り散りばらばらに逃げ回っている。後ろから三人の男が追いかけている。うち二人は、私服だ。逃げている人たちの肩に、木材はなかった。

「止まれ、逃げるな、この野郎」怒鳴り声が聞こえるが、南方なまりの北京語だった。

また別の声が、そばの小川から聞こえた。小川は、十数メートル離れた道の下を流れ、ぼんやりとした月の光のもとで二つの人影が逃げまどっていた。さらに一つ、また一つ増えた。三人目は女だった。林警が、六、七メートルに迫っていた。小川は、石ででこぼこしており、四つの人影はつまずいたり、飛びはねたりしている。突然、女の体がつんのめって倒れた。その瞬間、後ろの人影がさっと飛びついた。

「わっ」

私は、思わず叫んだ。目の前が真っ暗になり、もう少しで倒れそうになった。

我に返ったときには、周囲は静まり、物音もなく、銀色の月の光が降り注いでいるだけだった。今しがたの逃走劇は、一場の悪夢だったのか。いや、夢ではなかった。足下には捨てられた木材があちこちに転がっていた。私は、激しい痛みを覚えた。平妹が捕まえられたのだ。

5

私は、自分の無力を思い知らされながら、疲れた両足と痛む心をひきずり、とぼとぼと家に向かった。小川のほとりで、二人の林警と三人の私服に出会った。彼らは、いぶかしげに、さぐるような表情で私をにらんだ。

いつの間にか、家まで来ていた。窓から漏れているほの暗い灯火が見えたとき、たとえようのない孤独と寂しさを感じた。ところが、一歩家に足を踏み入れるや、私は夢を見ているのではないかと、戸口に呆然と立ちつくした。なんと、平妹《ピンメイ》が何事もなかったかのように腰掛けに座っている。私の愛する妻は、林警に捕まっていなかったのだ。

「平妹」

近づいて彼女の手を取り、夢中で名を呼び、彼女の手に口づけをし、匂いをかいだ。胸の中で熱いものが燃えていた。

「どこへ行ってたの」平妹が聞いた。

「おまえが、林警に捕まったのを見たんだ」彼女の言葉を聞かずに、私は言った。

「私が」平妹が顔を上げて私を見た。彼女はゆっくりと続けた。「いいえ。私は後ろのほうを歩いていたの。前のほうで林警が追いかけているのを見て、林に隠れたの。でも、山を越えるときに足を滑らせて、転んじゃった。左の肩胛骨がまだ痛むの。あとで、生姜を塗ってね」

彼女が言うのを聞き終えて、その顔を見ると、左の頰に擦り傷があった。全身、特に左肩が土で汚れ、髪には草が付いていた。

私は、生姜を取って二つに切り、熱い灰の中に入れて蒸し、さらにコップ半分の酒をかけた。平妹をベッドに寝かせ、服を脱がせてみると、驚いたことに、身体の左側が、肩から足にかけて大小さまざまな擦り傷と青痣《あおあざ》でいっぱいである。足のつけねには、手のひら大の内出血があった。肩胛骨は、皮がめくれて、血がまだ固まっていない。いずれも真新しい傷だ。擦り傷には、ペニシリンを塗布し、内出血には、酒につけた熱い生姜を擦り込んだ。足のつけねに擦り込んだとき、平妹《ピンメイ》は何度も低く呻いた。

「平妹、さっき小川で転んだのは、おまえじゃないのか」私は聞いた。

平妹は、黙っていた。何度も問いただしてようやく、小川で転んだことを認めた。

「なぜ嘘をつくんだ。傷は、ずいぶんひどいんだぞ」私は不満をぶつけた。

「だって、また心配するでしょ」彼女は言った。

さっきの緊迫した場面が、再び脳裏に浮かんだ。今まで抑えていた涙が、はらはらとこぼれた。

涙を拭いながら、彼女との恋愛から結婚して今に至るまでの十数年にわたる恵まれない生活を思った。それは、二つの魂の苦闘の歴史だ。今、一人が病に倒れ、一人が孤軍奮闘している。たび重なる困難に、平妹が女手ひとつでどうして耐えていけるだろう。かわいそうな平妹。

思えば思うほどつらくなって、涙が止まらなかった。

「どうしたの」平妹が起き上がって、優しく言った。

私は、彼女を胸に抱きしめ、彼女の髪を涙で濡らした。

「心配しないで、苦労は平気よ。あなたの病気が治ったら、すべてがうまくゆくわ」平妹は、私の頭を撫でながら、いっそう優しく言った。

二人の子供が、そばで何も知らずに静かに寝息をたてている。

翌日以降、私は、決して彼女を盗木には行かせなかった。ほかに手だてを考えようと彼女には言った。

のちに、村で適当な仕事が見つかった。毎日、映画館の広告を書く仕事だ。作業は楽で、二時間あればできた。残った時間は療養にあてた。薄給ではあったが、少しは家計の不足を補うことができた。平妹は、外に出て働く必要がなくなった。

しかし、私はまだ自分の問題の半分を解決したにすぎない。もう半分の解決しなければならないもの、それは私の病だ。一日も早く病を克服してこそ、私の妻、平妹に申し訳がたつというものだ。

祖母の想い出

鍾理和▼澤井律之 訳

1

ある日、毎年春分に下荘《シアチュワン》へ行っている兄が、帰って来て私に言った。下荘で祖母の弟に出会ったが、私たちのことをよく覚えていて、近いうちにこちらへ会いに来たいそうだと。それを聞いて、私は胸が熱くなった。と同時に言いようのない悲しみと懐かしさを感じた。

私の祖母は、私たちの父を生んだ実の祖母ではなく、祖父の後妻だった。私たちの実の祖母は早くに亡くなり、何の記憶も残っていない。だから、私たちが「お婆ちゃん」と言うとき、それは実の祖母のことではなく、この祖母のことであった。事実、この祖母は、地位と身分だけではなく、私たちとの感情においても見たことのない実の祖母に取って代わっていた。私たちが「お婆ちゃん」と呼ぶことを、彼女は自然に受け入れた。祖母は、祖母が属する民族のやり方で私たちを可愛がり、世話してくれた。なかでも私のことを特別に可愛がったので、他の兄弟たちがよくねたんでいたものだ。

祖母は「仮黎《ガライ》」（客家のことばで先住民を指す）——先住民だった。祖母が属する民族のやり方と言ったのは、祖母の愛し方に欠点があるとか、祖母という立場にふさわしいことをしないとかという意味ではない。どこのお婆さんでも知っている昔話や童謡を話したり唱ったりしてもらえないことがあったにすぎない。祖母は、「牽牛織女」の話をしてくれなかったし、「お月さまきらきら、ショウガを植えよう」（原題は「月光光、好種薑」。客家の童謡）の歌も唱ってくれなかった。しかし、祖母は他のもので埋め合わせをした。しかも、それらはたいそう美しく珍しい、得がたいものであった。

私の知るかぎり、祖母は子供に対して嘘をつかなかった。怒ることもめったになく、常に落ち着きを失わず、穏やかで、澄んだ表情を湛え、いつも顔に笑みを浮かべていた。それは、内からにじみ出る深みのある笑みで、人に安らぎを与えた。ただし一度だけ、祖母が平静を失ったことがある。秋の刈り入れの時だった。早朝から祖母は脱穀をしに田へ行った。突然、祖母が田の中で飛び跳ねだした。まるで魔物に取り憑かれたかのように、大声を上げて叫びながら、両手を振り回している。そのうち、声を上げて泣き始めた。皆が近づいてみると、なんと地面いっぱいにみみずが這いまわっており、一度に七、八匹は踏んでしまいそうなほどであった。祖母は、みみずを最も怖がっていた。叔母は、笑いすぎてしゃがみ込んでしまったが、最後には祖母を背負って帰った。

祖母は、小柄で顎が細く、痩せぎすで色黒だった。髪は、三つ編みにして頭のまわりに巻きつける、いわゆる「蕃婆頭《ファンポトウ》」（先住民の髪形）に結っていた。腕と手の甲には美しい刺青を入れていた。祖母が「仮黎《ガライ》」だと知ったのは、だいぶ大きくなってからのことだったが、このことは私にとってはどうでもよいことだった。祖母を「仮黎」として見たり、考えたりすることは、理性的にも感情的にも受け入れられなかった。それは、私を混乱させるだけだった。私にとっては、蕃婆頭に結い、腕に刺青を入れた祖母というだけのことだ。私は、このように祖母と出会い、祖母を好きになり、祖母を記憶に留めたのである。

2

私は、いつ、どのようにして婆さん子になったのだろう。それが知りたくて、よく祖母にたずねてみた。祖母は、上機嫌のときには笑顔でまじめに応えてくれた。祖母の話はこうだ。ある日の朝、祖母が川へ洗濯に行くと、閩南人《びんなん》（主に福建省から台湾に移住した人々。母語は閩南語。台湾の人口の約七五パーセントを占める）の女が赤ん坊を竹藪に棄てるのを見た。祖母は、女が遠ざかるのを待って、そばに近づき赤ん坊を抱きかかえ、洗濯かごに入れて連れて帰った。それが今の私だという。

その後、大きくなった私は、母親というものはかわいいわが子に対しておまえは捨て子だったとごまかしたがるものだと知った。ただし、母親たちの話の中では、子を棄てる女は必ず「仮黎」であった。私の祖母は、それを「閩南人」に置き換えたのだった。違うのは、この点だけだ。

後に聞いた話から推測すると、私に弟ができた年から、私は婆さん子になったようだ。母は下の弟をみごもってからは、私にかまっていられなくなった。ところが、当時私はまだ乳離れしていなかった。思案のすえ、祖母が「コンデンスミルク」で私を育てることになった。当時、一般にはまだ保温のできるポットが知られていなかったので、コンデンスミルクを溶くのにいちいち火をおこし湯を沸かさなければならなかった。私が四歳になって乳離れするまでの二年間、祖母はたいへん煩わしい思いをした。

この頃のことを私はほとんど覚えていない。最初の記憶から話し始めるべきなのだが、これもあまりはっきりとしたものではない。暗い部屋で、じっとベッドに横たわり、眠ったふりをしていたのを覚えている。母が、鼻にかかった声で何か歌を口ずさみながら、弟を掌でそっとたたいていた。やがて、母の声がやんだ。部屋は静まり、規則正しい寝息だけが聞こえた。私はこっそりベッドを抜け出し、足音を忍ばせて手探りで戸を開け、祖母の部屋にそっと入った。祖母は、驚いていたが、私を叱りはしなかった。母の部屋は小便臭くて眠れないと言うと、祖母はため息をつきながら、いつものようにそばに寝かせてくれた。

まもなく、母がさがしに来た。

「お母様のところに忍び込んでいるに違いないと思って。お母様のところでないと、寝つかないんですよ」母が祖母に話すのが聞こえた。それから「阿和《アホー》、阿和」と私の名前を呼んだ。

私は返事をせずに、じっとしていた。

「眠ったのでしょう」祖母の声だ。

「たぬき寝入りじゃないの。こんなにすぐ眠れるかしら」母は言うと、また「阿和、阿和」と呼び、私の体を揺すった。

私は、寝たふりを続けた。

「いいじゃないか、ここで寝かせておやり」祖母が言った。

「お体の具合がよくないのに、騒がれてはおつらいでしょう」母が申し訳なさそうに言った。

「騒がないよ」私は、こらえきれなくなってそう言ってしまった。

母と祖母の笑い声が聞こえ、そして母は出ていった。

私は成人すると、家を出て各地を放浪することになるが、それまでずっと婆さん子だった。祖母は父母や兄弟以上に、いちばん大切な、かけがえのない存在であった。私は、祖母の愛をほぼ独り占めした。祖母の二人の娘さえ、私には及ばなかった。

3

祖母が「仮黎《ガライ》」であることをまだ知らなかった頃のことだ。

ある日、母が近所のおばさんたちとしゃべっていたとき、母の言葉が耳に入ってきた。「仮黎は年齢を数えないの。マンゴーの花が咲けば、一年すぎたと思うだけなの」祖母のことを言っているように思え、たいへん気になった。ただ、このことが本当なのかどうかわからなかったので、祖母といっしょにいたときに、仮黎であるのかどうかを聞いてみた。

「違うよね」私は半信半疑だった。

「どうして違うと思うのかい」祖母は、にこにこ笑いながら言った。眉間に、慈愛に満ちたやわらかな光が浮かんでいた。祖母は右手を差し出して見せ「こんな刺青がお母さんにあるかい」

と言った。

刺青のことはとっくに知っていたが、それに何か特別の意味があることを、このときはじめて知った。けれども、祖母が仮黎であるのか否かは、依然としてわからなかった。私は、祖母の顔だちや身につけている服をしげしげと眺めた。顔は、笑っている。服は、私が物心ついて以来、ずっと身につけているものだ。私は、少し混乱した。

「お婆ちゃんが仮黎でも」祖母は私の顎を持ち上げ、私の目をのぞき込んで言った。「それでもお婆ちゃんのことが好きかい」

祖母は、全くこんなことを意に介していなかった。それは、二人にとって良いことだった。

「お婆ちゃん、大好き」祖母の懐に飛び込んで私は言った。

「そうかい」祖母は、私の頭をなでてくれた。「それでこそお婆ちゃんのコロちゃんだよ」

「コロちゃん」とは、祖母が私につけたあだ名だ。

祖母の実家には、二人の兄がいた。上の兄はすでに亡くなっていたが、息子が一人いた。それと弟が一人いた。この弟が若い頃、私の家で数年間牛飼いをしていた。それで、客家語を上手に話した。彼は、人のよさそうな顔をしており、先住民特有の精悍《せいかん》さがなかった。だから、もしも彼が腰に「蕃刀《ばんとう》」を下げず、頭に頭巾を巻いていなかったら、彼が仮黎だとはわからないだろう。私は彼と特に仲がよかった。

この祖母の弟たちが訪ねて来たとき、祖母は彼らから片時も目を離さず、気を遣っているようだった。食事のときはあまり酒を飲ませなかった。自由に歩き回ることを許さず、夜は祖母の部屋で地面にむしろを敷いて彼らを寝かせた。その一々を指図する祖母の気苦労が、ありありとうかがえた。祖母はすべてをそつなくこなし、偉ぶることも、卑下することもないよう振る舞おうとした。彼らが帰るときに、母が塩一包みと米一斗を持たせようとしたことがあった。祖母は塩だけを持って帰らせ、米は置いてゆかせた。後に折を見てこのことについてたずねたとき、祖母は困った顔つきでしばらく私を眺めていた。このことを持ち出されて不愉快なようだった。母方の叔父が来たとき、母が物をあげるかどうかについても聞いてみた。

「弟たちは仮黎であっても、物乞いではないんだよ」祖母は、哀しみというよりも怒りを含んだ声で言った。

別の機会に、祖母の弟夫婦が、彼らの甥を連れて会いに来たことがあった。その日は、ちょうど端午の節句だったと思う。夜、私たち家族は祖母の言いつけに従わず、彼らにどんどん酒を勧めた。案の定、若い甥が酔っぱらい、じっと座っていることができなくなり、あっちこっちに首を突っ込んでは、ぶつぶつ言っていたが、何を思ったのか湯のみを割ってしまった。祖母の弟は両手で彼を捕まえ、祖母の部屋に押し込んだ。

祖母は、涙を流して怒り、何も言わずに甥のものだと思われる荷物を甥に向かって投げつけ、低くしかしはっきりとした声で「出ていけ」と幾度も怒鳴りつけた。

「お母様、お母様」母が入って来て、しきりになだめた。「私たちが飲ませたのです。節句なんですから。少しくらい飲み過ぎたってかまいませんよ。遅くなりましたから、今日は泊まってもらいましょう」

ひとしきりなだめたが、祖母は何も言わず、ただ静かに泣いていた。

翌日、私が目覚めたとき、若者はいなかった。祖母が部屋にいないすきに、彼がどこへ行ったのか祖母の弟にこっそり聞いてみた。

「帰ったよ」彼は小声で言った。部屋の中で眠っている者を起こさないように気遣っているようだった。

「いつ帰ったの」私は聞いた。

「夜中に帰ったよ」

私は驚いた。驚いたのは、若者に対してというより祖母に対してだった。祖母がこんなに怒ったのを見たのははじめてだった。祖母の弟が私の肘を軽くこづいた。祖母の足音が近づいてきた。
「その話はやめよう」彼は、首を横に振り、さらに小さな声で言った。

4

暑気当たりだったと思うが、私が三日三晩意識不明に陥ったことがあった。皆は、私が助からないと思い、私を地面に寝かせようとした（客家の風習で、人は臨終の際、先祖の霊の前で、地面に敷かれた筵に横たえられ、家族が見守る中で往生を遂げる）。しかし、祖母が反対した。祖母は、回復すると自信をもって主張したそうだ。今でも不思議に思うのだが、祖母はこのような場面で正確な、傾聴すべき判断をすることがあった。生死の境目が見えるのだろうか。祖母の民族の生活経験と関係があるのだろうか。

果たして、祖母の昼夜にわたる懸命の看護によって、私は四日目の午後、ついに意識を取り戻した。祖母の話によると、祖母の弟——もう一人の弟、今はこの世にいない——が五日間飲まず食わずで昏睡したことがあるが、やはり回復した、私の症状もその時と同じだと思ったとのことだ。こんな状態でもまだ生きているのだから、死ぬはずがないと祖母は考えたらしい。

それは、祖母の信念だったのだろう。

　すでに夕暮れ時だった。はじめは、自分があてどなく、中空を漂っているような気がした。すると、下の地面のほうから、あるいは遠くのほうから誰かの声が、ふと聞こえてきた。その声は、徐々に明瞭になり、地面に向って引き寄せられる感じがした。聞き慣れた声だった。やがてそれが祖母の声だとわかった。祖母が、歌を、仮黎の歌を唱っていたのである。そのとき、自分がすでに地面に降りたと感じた。何かが私を包んでいた。私は重さを感じ、自分の身体、自分の手足の感覚を取り戻した。まぶたが重くて開けられないほど、身動きもままならなかった。気力をふりしぼって、重く閉ざされたまぶたをやっとのことで開いた。私は、ベッドに横たわっていた。部屋は薄暗く、うすい青色の蚊帳が目に映った。

　このとき、歌声がふっと止み、祖母が私を見つめた。

「おお、阿和、目が覚めたね」その声は、驚喜のためにやや震えていた。

「お婆ちゃん」私は、弱々しくつぶやいた。

　頭をゆっくりとめぐらして、祖母の手を見た。

「お婆ちゃん……」しばらくその手を見つめてからしゃべろうとしたが、めまいがしてすぐに目を閉じてしまった。しかし、私はうれしくて、笑顔を見せようとした。

「ほら」祖母は、手の中のものを私が見やすいところにまで持ち上げた。

爪上げに使う、カラムシで撚《よ》った糸の束だった。一本の箸に巻いてあった。以前、撚ってくれるようしょっちゅうせがんでいたが、祖母は忙しくて、少しずつしか撚ってくれず、はぐらかされることもあった。そのため、毎年私は凧を高く上げることができなかった。今、糸は箸にぱんぱんに巻きつけられていた。きっとたくさん撚ったに違いない。

「阿和《アホー》、早くよくなるんだよ。お婆ちゃんは、もっともっと撚るからね」祖母は明るい声で笑った。「今年の凧は、きっと高く上がるよ」

叔母が、自分のベッドから私のベッドの横にやって来て、祖母の後ろに立った。

「おまえのお婆ちゃんはね、三日三晩糸を撚ったのだからね」叔母はわざと冗談めかして言ったが、叔母も同じようによろこんでいることがわかった。「おまえが寝ているあいだに、お婆ちゃんはおまえのそばで糸を撚っていたんだよ。お婆ちゃんは、頑張ったんだよ」それから、祖母に向かって言った。「私が代わるから、お母さんは休んで」

「まだ大丈夫だよ」祖母が言った。

「もういいわよ。疲れが出て寝込んだりしたらたいへん。それとも、お母さんのコロちゃんのために、まだ糸を撚るつもり」

祖母は、叔母にちょっと目配せをして、しばらく考えた。休むべきかどうか迷っていたが、ついに休みに行った。祖母の目の回りには隈ができ、目は充血していた。

「それじゃ、阿和、お婆ちゃんは一眠りするからね」祖母は、私に向かって笑って言った。

「お婆ちゃんは三日徹夜したのよ。おまえを看病できるのは自分だけだと思ってね」祖母が出てゆくと叔母が言った。

入れ替わりに、母が入ってきた。

5

年下のほうの叔母が、牛を逃がしたことがあった。その翌日、祖母は私を連れて山へ牛を探しに出かけた。季節は、秋に差しかかった頃で、空は高く空気は爽やかで、樹木は静けさと温もりをたたえ、山野には淡い紫色の霞がたなびいていた。私たちは「蕃界《ばんかい》」(先住民の居住区を指す)を越えて、山奥に分け入った。谷間に下りたり、峰に登ったりした。低い山ばかりであったが、私には十分高かった。上から見下ろすと、河川と山野の様子が手に取るように見えた。このような山奥まで踏み込んだのははじめてだったので、私は非常にうれしくて、大きく手を振って歩いた。

まるで昨日も来ていたかのように、祖母はこのあたりの地勢に詳しかった。この深山幽谷にも驚いた様子を全く見せず、平気で山を登った。山頂に登ったとき、祖母は楽しいかと聞いた。それから北の谷間を指して、実家はあそこにあるから、今度連れて行ってやろうと言った。

それは暗い谷間で、その上に雲がふわふわとかかっていた。それ以外には何も見えなかった。祖母は、常に低い声で仮黎《ガライ》の歌を唱っていた。その曲調は、やさしく、情熱的で、他の人が唱う歌とは全く異なっていて、新鮮だった。祖母は、唱いながら、力強く歩を進めた。祖母の顔は、魅力的な輝きを放ち、目は機敏に動き、全身に軽やかな力が溢れていた。いつもよりずっと若く見えた。

歌声は、どんどん高くなり、大きな声ではなかったが、心からの喜びと情熱に満ちていた。長らく眠っていたものが、突然歓喜をともなって、蘇ったようだった。ときおり祖母はふと歌をやめ、じっと私を見た。感想を聞きたいのだろう。祖母は微笑んでいたが、すぐにまた歌を続けた。

唱っているときの祖母は魅力的だったが、私は不安にかられ、戸惑いを覚えた。大好きなあのいつもの祖母ではなくなった気がしたからだ。祖母は、あふれる喜びのなかで、祖母だけを包み込むある種の気を発散し、私一人をその外側に置き去りにした。祖母とのあいだに距離を感じて、悲しくなった。私がふさぎこんでいることを気にして、途中休憩したときに、祖母は私をそばに寄せ、何か気に入らないことがあるのかい、気分がわるいのかいと心配そうに聞いた。はじめのうちは黙っていたが、ついに孤独に耐えられなくなって、祖母に抱きついて、夢中で激しく叫んだ。

「唱わないで。お婆ちゃん、唱わないで」

祖母は、私の急な変化にうろたえて「どうしたんだい」と繰り返し聞き、両手で私の顔を包むようにして持ち上げた。「阿和《アホー》、泣いてるのかい、どうしたんだい」祖母は、私の目を見て驚いて言った。

「唱わないで……」私は、また叫んだ。

祖母は、不思議そうに私を見つめていたが、笑顔を作って言った。「お婆ちゃんの歌が、コロちゃんには怖かったんだね」

祖母は、唱うのをやめた。それからは、物思いにふけって黙々と家までの道を歩いた。その顔は、暗く沈んでいた。ただし、いったん家に着くと、すべてが消えた。落ち着きのある、穏やかで澄んだ表情をたたえた、いつもの祖母にもどっていた。

6

私は十三歳になると進学のため、家を出た。卒業後は、社会人となった。興味も広がり、いつのまにか祖母への思いも薄まり、数箇月に一度会うくらいだった。しかし、祖母の私に対する感情はもとのままだった。いや、離れているために、いっそうその思いは深まったかもしれない。私が久方ぶりに帰ると、祖母はそばに座って私のことをずっと眺めていた。ときには、頭のてっぺんから足の爪先まで手でなでて「私のコロちゃんは、大きくなった、大きくなった」とぶつぶつ独り言をいった。祖母の口ぶりとまなざしから、その言葉は祖母が自分に言い聞かせているように思った。祖母から見て、あのコロが大人になるということは不思議なことであり、驚くべきことだったのだ。

後に、私は海外に出かけ、長年家に手紙も出さなかった。祖母は、台湾が祖国に復帰する二年前、戦時下で亡くなった。病床で私の名前を言い続け、いまわの際にも、私からの手紙が来たかどうかをしきりにたずねていたとのことだ。

私が帰郷したとき、祖母の墓地にはグァバの樹が生い茂り、草がぼうぼうと伸びていた。線香を上げて拝んだとき、心の中に冷たい悲哀を感じた。

7

兄と話をしてしばらくすると、祖母の弟が家にやって来た。ただし、彼が自己紹介をしなければ、彼だとはほとんどわからなかった。老いたというだけではなく、その服装と外見が変わっていたからでもあった。腰には「蕃刀」を下げておらず、古びた日本の軍服を着ていた。髪も切って、頭巾は巻いていなかった。髪は短く刈り込まれていたが、すでに白髪となり、頰は歯が抜けたためにこけ落ちて見えた。唯一変わらないのは、人のよさそうな目と顔と、それにその客家語であった。

私は彼を祖母の墓に連れて行き、二人で線香を上げねんごろに拝んだ。その夜、私たちは深夜まで話し込んだ。彼は、話す前に必ず一度首を横に振った。今の暮らしぶりが、あまりよくないのだろう。

「あいつは、だめだね」

あの甥のことを私が聞くと、彼は首を横に振ってため息まじりに言った。彼によると、あの甥は、酒に溺れ、女遊びをし、怠け者で、正業についていないとのことだ。彼らのところ（原注―先住民社会を指す）にも、「悪い女」（原注―娼婦のことを言う）がおり、これは以前にはなかったそうだ。

長男の一人息子がこのようになってしまって、もう終わりだと彼はまた言った。下の兄は子供がおらず、彼の一人娘はすでに嫁いでいた。

「おれの爺さんが、昔人の首をたくさん狩りすぎた祟りだ」また首を横に振って言った。

翌日、彼が家を出るとき、私たちは再び祖母の墓に行き、線香を焚いた。無言で私の前を歩く彼の背中が少し丸くなっていることにふと気づいたとき、祖母への思慕がいっそうつのった。この人生の中で、かけがえのない最愛の人を私は本当に失ってしまったのだと。

鍾理和（チョン・リーホー）

鍾理和は、一九一五年、台湾屏東生まれ。家は資産家で、彼の長篇小説『笠山農場』に描かれているように、高雄県の美濃でかつて農場を経営していた。日本統治下の台湾に生まれ成長したが、青年時代に中国の小説を渉猟し、『紅楼夢』等の古典小説や魯迅・巴金・郁達夫等の近代文学の影響を受け、自らも中国語による創作を試み始める。彼が育った時代、台湾ではすでに日本語による教育が普及しており、彼が受けた教育も日本語教育であり、最終学歴は小学校高等科卒である。この時代に、中国語の創作を試みるというのは、時代に逆行する行為で、それは祖国への強い憧れによるものであった。

彼は、十代後半から二十代前半の青春期、家業を手伝い、美濃の農場で働いたが、そこで「貧しい夫婦」に登場する「平妹」に出会い、彼女を愛するようになる。「平妹」の本名は鍾台妹で、鍾理和と同姓であった。彼らは結婚を誓うが、当時の台湾には「同姓不婚」の風習が根強く残っていて、彼らの結婚は許されないものであり、周囲の猛烈な反対にあう。結婚を実現するため、彼らは駆け落ちし、満州の奉天（現瀋陽）と北京に約八年間暮らした。彼は、北京で作家になる志を固め、小説集『夾竹桃』（一九四五）を出版した。日本が敗戦した翌年、台湾に戻り、屏東で中学校の代用教員となるが、肺結核を発病したため辞職し、美濃に帰って居を定めた。その後病が悪化し、まる三年台北の松山療養院に入院し、五〇年の秋に退院する。退院後は、体力が衰え、安定した仕事につけず、「貧しい夫婦」にあるように家計は主に妻の台妹が支えたものの、貧困と病に苦しんだ。晩年の十年間、創作に打ち込んだが、当時台湾人作家が作品を発表できる場所は少なく、雑誌や新聞へ投稿したもののなかなか認められなかった。五六年に『笠山農場』で中華文芸奨を獲得したことがきっかけで、当時登場し始めた鍾肇政ら台湾人作家の知遇を得て、五九年から『聯合報』副刊に作品を発表し始めるが、六〇年八月に四十六歳の若さで病没する。

鍾理和の作品の題材は、ほとんどが彼の身辺の事情や農村の生活模様であるが、戦後初期の台湾人の心象風景を描くものでもあり、戦後台湾文学の先駆者といえよう。没後、短編集『雨』（一九六〇）と『笠山農場』（一九六一）が出版された。七六年には張良沢氏が全集を編んだ（遠景出版）。九七年、鍾鉄民氏の増補した『鍾理和全集』が高雄県立文化中心から出された。

なお、本書に収録した二篇の原題は「貧賤夫妻」「仮黎婆」、テキストには鍾鉄民編の『全集』を使った。

鍾理和の邦訳には、以下のものがあり、訳出に際して参考にした。王榕青訳「貧しい夫婦」（『農民文学』第三六号、一九六四年九月）、拙訳「故郷」（「発見と冒険の中国文学」第六巻『バナナボート』宝島社、一九九一）、下村作次郎訳「山地の女（仮黎婆）」（『悲情の山地』田畑書店、一九九二）。

母親

李喬▼三木直大 訳

母親は痩せた小さな女だった。ギョロッとした目に、薄い眉。歯はほとんど抜けてしまい、頬が少しくぼんでいた。その後、前歯も二本とも抜けてしまった。口の周りには放射状にのびる小さい皺がいっぱいあった。辞書にある「飢え皺」というのは、たぶんこんなのをいうのだと思う。

母親は七十一歳まで生きた。ほぼ五十年を飢えと寒さのなかで過ごした。口の周りに飢え皺がいっぱいあるのも当然だった。

母親は四十歳のとき私を生んだ。だから若い時分のことは、もちろんよくわからない。長兄は十三歳年上だったが、妹も二人いた。つまり、母親が子供を育てた期間はずいぶん長かったことになる。その主な原因は父親がいつも牢獄にいるか逃亡中であって、ほとんど家にいなかったからだ。それから母親は十二回妊娠したそうだが、今も生きているのは三男一女だけだ。おそらくこの生存率の低さが、母親に一生涯、子供を賜りものと思わせたのだろう。

私の記憶の奥底にある最初の母親の思い出は、「うぶげ抜き」をやってもらっている情景だ。初夏の午後、軒先に、痩せて小柄な母親が竹製の背の高い椅子に座っている。着ているのは灰色がかった淡い青色の「大衿衫《ターチンシャン》」（客家の女性の正装）だ。豊かな黒髪に小さな顔。「うぶげ抜き」をしてやっているのは叔母さんだ（母親は幼女のときから嫁ぎ先にくる「花囤女《ホアトゥンニュ》」つまり童養媳《トンヤンシー》だったから、血のつながった姉ではなかった）。

「うぶげ抜き」というのは、田舎で昔は女の唯一の美容法だった。美容師は両手の親指と中指を交互に組み合わせ、一本の細い糸を八の字に交叉させる。それから右手の親指を動かして、交叉させた糸をピンと張ったり緩めたりして、顔のうぶげをたくみに抜き取る。「うぶげ抜き」の前には白粉を厚く塗っておく。母親のしていた化粧らしいのはせいぜいそれくらいしか記憶にない。

客家人は昔から、頭髪の多い人は不幸だと言う。真っ白に近い白髪頭だったが、それでも母親の髪は晩年になっても豊かだった。

子供の頃、私にとって母親は奇妙な人だった。

たとえば、母親は夫にいろんな不満を持っていた、とりわけいつも長期にわたって「失踪」

するのが不満だった。母親は私や妹が近くにいないときとか寝ているとき、一人でぶつぶつ、ぶつぶつと夫の文句を言っていた。そして涙を流しながら罵ったりしていた。初めのうちは、眠りから覚めてそんな母親を見つけたり、外から帰ってきて母親のそんな様子に出くわしたりしたときは、肝をつぶすほど驚いた。母親の様子は誰かとけんかをしたり言い争ったりしているときのそれみたいだったのだ。でも実際は目の前には誰もいなかった。

母親は私たちに見つかったとわかると、すぐに手を顔にやってこすった。それから何ごともなかったようにふるまったり、よく寝ていたようなふりをした。

少年時代の思い出のなかでいちばん暗い部分は、両親が何度も激しくやりあっている情景だ。そのあげく父親が母親を殴ることもあった。母親は殴られるにまかせ、ただ頭を垂れていた。私の記憶の奥底に残っているのは、振り乱した黒髪がうずくまった母親の小さな体をすっぽりと覆っている様子だ。母親は最後まで泣き声を出さなかった。殴られると言い争おうともしなくなった。

怒鳴り声が枝折り戸を開けるカタという音とともに遠ざかっていくと、母親はのろのろと起きあがり、のろのろと寝室にもどっていった。

私ははらはらしながら泣きたい思いで、母親のあとからついていった。母親は突然振り向き、屈んで私を抱き上げた。強く、しっかりと私を抱きしめた。

「ワー」私は声をあげて泣いた。

それでも母親は声を出さなかった。身体じゅうが震えていた。すごく大きな震えだった。私は震えのあまり卒倒してしまうんじゃないかと心配になった。そうはならなかったが、頭にぬれた熱いものを急に感じた。そう、ぬれて熱いもの。そのぬれて熱いものはすぐに私の顔を覆った。泣いているのだと私は思った。涙はあふれだし、私の首を、さらに胸を熱く濡らした。この感覚はある疑問と一緒に、ずっと記憶のなかに残っている。疑問というのは、痩せた小柄な母親のような女が、どうしてあんなにたくさんの涙を流せるのだろうかというものだった。

母親にはさらに奇妙な癖があった。罵って罵り疲れると、次には自分自身を罵りだした。人を叩いて気が済むと、次には自分自身を叩きだすという癖……。

それは私の記憶のいちばん奥底にあるもののひとつだ。どこか曖昧なところもあるが、でもはっきり思い出すことのできる少年期の記憶だ。

阿妹《アメイ》おじは、私の少年期にいつもそばにいた二人の老人のなかの一人だ。「唐山人」（清朝期に大陸人を台湾ではこう呼んだ）だと知ったのは、死んだ後だった。私が商業学校に進学して勉強していた頃のことだ。唐景崧《タンチンソン》の近衛兵だったらしい。唐大総統（一八九五年の、短命だった「台湾民主国」の総統だ）

が大陸に逃げ帰ると、かわいそうに阿妹おじは、日本軍の台北侵攻前夜に妻や子と離散したり死に別れたりして、どういう経緯でかはわからないが辺鄙な蕃仔林《ファンツリン》に流れてきた。（詳しいことは拙著『寒夜』に書いた。）

阿妹おじは神秘的な人物だった。脈をとると何処が悪いかわかったし、薬草を摘んで丸薬を作ったり、接骨医のようなことをやったりした。それに驚くべき能力があって、私はその唯一の目撃者だった。

その日、私は彼について崖をよじ登ったり谷に入ったりして薬草を採った。彼はたえずあれこれ指示して私に草や木の名前を教えてくれた。これはぜんぶ薬草だから、まじめに覚えておくようにと私に言った。でも私は関心がなかった。いちばん期待していたのは拳法を教えてもらうことだった。

「だめだ。まず薬草のことを勉強しろ。拳法はそれからだ」

「いやだよ。先に拳法を教えておくれ。薬草はそれからでいいよ」そう私は言った。

これが私たちのいさかいの種だった。父親は拳法と「漢方」の両方を教えてくれるようにと言ったらしいが、母親が拳法に反対した。私はとても不満だった。

その日、彼がやったのは拳法でも医術でもなかった。私は手品だと思った。彼は太い籐の枝を一本選ぶと、左手でその棘の密生した蔓を六十センチほど引きずり出し、鋭利なナイフを取り出すと、蔓をザックリ斜めに切り落とした。

その動作は驚くほどすばやかった。彼は右手にもったナイフを放り出すと、地面に落ちようとする蔓の上のほうをさっとつかんで、左手にもったもう一方の切断面にあわせる。それから右手で口からはき出した緑色のねばねばしたものを切り口に塗りつけ、そして用意しておいた麻ひもでぐるぐるまきにする。そうすると蔓はまたもと通りになった。

「口から出したのはなんなんだい」

「薬草だ。途中で見つけて、口のなかで嚙んでたのさ」

「……」私は疑いの目で彼を見つめる。

「ははは。十日たったら見にこよう。人に言っちゃだめだぞ」

ほぼ十日が過ぎた。彼は子供のようにすごく興奮していた。私をつれてあの切ってまたつなげた蔓を見に行った。

最初に、蔓が少し長くなっているのに私は気づいた。彼はナイフで結わえた麻ひもを切りほどき、あのねばねばしたやつをはがした。

私は身をのりだして見つめる。そして驚く。その蔓の切り口にふくらんだ褐色の節がひとつできている。しかも、そいつはつながっていた。切断した蔓が十日後にはつながるなんて。私は怪訝な思いで彼を見上げる。

「不思議だろ」

「すごいや、ものすごい」

「それはな……」彼は大きな口を指さして言う。「薬草がすごいんだ」

「どこで採ったの。どうしてそんな薬になるの」

「この山で採ったんだ。あの日、わしは採るとそれを口でかみ砕いたんだ。唾と混ぜてな。おまえがみたとおりだ」

「なんて薬なの」私はまったく信じられない。

「あれは『猿の薬』というんだ」

それは彼の師匠が伝授した独特の奇薬だった。長い間、猿の群を観察して学んだ薬だった。猿の群が食い物を探しに山を下り農作物を荒らすので、人々は猿の巣の周りの蔓を切り落す、つまり猿どもが巣に戻るときの手段をなくして、巣に戻れないようにし、群れごと他の場所に移るようにさせたのだ。

そんななかで、ある種類の蔓は切ってもつながり、もと通りになるのを発見したのだ。

老師匠がそれを見つけた。そして師匠は長年かけて観察し、学習し、実験して、「猿の薬」を会得したのだった。阿妹《アメイ》おじは師匠からこの秘法を教わった。

「ほんとうかい。嘘言っているんじゃないよね」すぐには信じられなかった。

「なんだと。最初から見ていたろ」阿妹おじは不機嫌そうに、長い顔をさらに長くした。そうなんだ。おじの下顎はすごく長くしゃくれていた。

「じゃあ、教えてくれるのかい」

「教えてやる。もちろん教えてやるさ。しかし、一歩一歩だ」

「一歩一歩だって。全部で何歩だい」彼の言っていることがよくわからなかった。

「最初の一歩は、百二十種類の薬草をまずよく覚えることだ、それから薬石に薬虫、薬の煎じ方を覚えて……、その後だ」

「いやだよ。薬が多すぎるぞ。聞いてもわからないし、覚えられるもんか」私は考えながら言葉を続ける。「百二十種類ってどれくらいだ。ものすごくたくさんじゃないのか。もういいよ。『猿の薬』だって。習ってなんかやるもんか。洞窟に住みつくわけじゃないし、籐の蔓だってつなげたくなんかあるもんか」

「役立たずのこわっぱめ」彼はため息をつく。

このとき老人と子供はすごく言い争った。ほんとうはとても習いたかったし、彼もとても教えたがっていたんだと、後になって私は思った。彼が私を弟子にしようとしていたとわかったのも後になってからだった。だから喧嘩はしたものの、最後はお互いに譲歩した。ほんとうは彼が何歩も譲歩したので、私が譲ったのはちょっとだけだ。まず私が確実に三十種の薬草を見分けることができるようになること、そして燥、熱、温、冷といった薬の性質を覚えること、そうすれば彼が「蹲馬《トウンマー》」と拳法の基本姿勢を教える。

でも「蹲馬」というのは、中腰になって胸を突きだし頭をあげるまったく面白みのない動作で、ちっとも楽しくなかった。私は結局さぼるようになった。蹴ったり拳を突いたりするのも面白くなかったし、教えてもらわなくてもできると私は思った。

「もっと面白いのを教えておくれよ」彼はうるさくされるのが苦手だったから、私はこまらせてやろうと決めた。

おじは唖然としてしばらく私を見ていた。それから天を仰いでため息をつき、だったらまず棒術を教えてやると言った。

「この『キセル道』十二種はな、三十六種の『犬たたきの棒術』からまとめあげたもんだ。ほんとうは年寄りの運動や護身用のもんなんだが、こわっぱめのお遊びに教えてやろう」しかたなさそうに彼は言った。

「ありがとう、おじさん」

「感謝するのはまだ早い。おまえにできるかどうかわからんのだからな。身につけたところで、もしやりあってひどい目にあっても、おれは知らんぞ」相変わらず面倒くさそうなしようがなさそうな様子だった。

私はもちろん喜んでまじめに学んだ。その結果、三日間で「キセル道」十二種の型の七割から八割はできるようになった。おじがそう評価したのだから、最初のは見込み違いだったことになる。おまえは「教えがいがあるかも」とも彼は言った。

しかしそれは半分しか当たっていなかった。「キセル道」十二種の七、八割を身につけた私は、三日後の午後、そのせいでたいへんなことになった。その日は昼飯前の時分に小雨が降った。昼からお日様が出て、ギラギラする真夏の太陽が照りつけているのに、大きな雨粒がぱらぱら落ちてきた。

小さいオンドリが群れになって大オンドリの「紅いトサカ」に率いられて、棚の下からでてきた。お天気雨の下で羽を伸ばし、つつきあって遊んでいた。

大オンドリ「紅いトサカ」は小物たちを相手にしなかった。二羽のメンドリは卵を孵《かえ》しているところだったから、奴は頭をもたげ胸をはって、穀類の干し場のあたりを闊歩しながら、ついでに小物たちを見回っていた。

雨粒は徐々にまばらに小さくなっていった。私は一日半かけて「キセル」を作り上げた。それは九十センチくらいの桂竹の根を使って作る。節についているひげを切り取り、石でこすって滑らかにし、それから炭火であぶって真っ直ぐに伸ばす。この長いキセルみたいなのが、「武器」なのだ。

私は「本番」のつもりで、何回も練習しないといけなかった。「武功」は必ず毎日練習しないとだめだ、さもないと身体がすぐになまって、役者の真似事だけになってしまうと阿妹《アメイ》おじは言った。

新しい武器を手にして私はすごく興奮し、型を次々とやっていった。自分でも真剣勝負をしているような気がした。本番なんだから、手足の動きも正確でなければならないし、動きにあわせてキセルも思い切り力いっぱい、しかもできるだけ遠く大きく振り回さないといけない。前後左右に、手の動きも足の運びも型通りにやっていく必要がある。

私がいちばん気に入ったのは、こんな型だった――阿妹おじはどの型にも名前をつけていたのだが、それももう忘れてしまった――。キセルの両端を持って、水平に肩まで持ちあげてから腕を半ば曲げる。それから勢いよく前に押し出す。つまり棒を持ったまま両肘を思いっきり前に突き出す。この動作が完成すると同時に、右手に棒を握り替えて、左手の手のひらを左上に向かって高く押し出す、同時に体を左側に持っていき、左膝を半分曲げる。反対に右足を右後方に踏み出す。そのとき、すべての力が右手にもったキセルに自然に集まり、キセルは右後方へいきおいよく振り下ろされる。

「ガツッ」突然、重たい何かを砕いたような音が短く響いた。

キセルが何かに命中したなと私は思った。

大オンドリ「紅いトサカ」が羽を広げ、ばたついていた……あれ、紅いトサカが……、何故か紅いトサカが……砕かれてしまっていた。真っ赤な血が流れていた。

「わ、わ、たいへんだ」しまった、あの一撃が……。

「ココ、ココ、ココココ」オンドリたちがびっくりしてけたたましく声をあげた。やつらも事件を知ったのだった。

「ワン、ワワン、ウー」飼い犬のクロはうなり声をあげ、「紅いトサカ」の惨劇をみてとると、すごい目で私を睨みつけた。

私はほんとうにたまげてしまった。慌てて逃げようとしたが、足に根がはえたみたいになって動けなかった。まずい、ともかく早く逃げなきゃと思った。

「どうしたんだい、泉水《チュエンシュイ》、おまえまたなにか……」そう言いながらやってきた母親は、事情がわかると言葉を失ってしまった。

「おれ、わざとやったんじゃない……」私はそう言いながら枝折り戸のほうにあとずさった。

「逃げる気かい。こっちへおいで、きなさい」母親は早足でやってきた。

「逃げる気かい」という声を聞くと、私はいつもすぐに家の裏方の坂のほうへ必死になって駆け出したものだ。そして母さんと競走になると、私はいつでも勝つ側だった。でもそのときは、ほんとうに逃げられなかった。どうしていつものように母さんと競走しなかったんだろうと、思い出すたびに私は後悔した。実は「逃げる気かい」と言われて、そうだ逃げられるんだと、私は気づかされたのだった。私はその場に立ちつくし、彼女を盗み見た。なんともう彼女は手に大きな「しつけ竹」を握っているのだった(家には大小二つの「しつけ竹」が用意してあって、それは私専用だった。長兄はもう家を出て仕事をしていたし、次兄は学校ではいつも一番だった。妹はまだ小さかったし、私以外にはそんなものはいらなかった)。

でてきたのは大きいほうの「しつけ竹」だった。それは桂竹の細い枝をそのまま縛って作ったもので、ふくらはぎを叩かれると、大声を出して飛び上がるくらい痛かった。私は急いで心の準備をした。あの誇り高く美しい威風堂々とした「紅いトサカ」が血の海のなかに突っ伏しているのを見て、自分はもう「キセル道」を会得したんだから、「武人」らしくあるべきだと思ったのだ。

「あっ」右手が急に軽くなった。キセルはもう母親に取りあげられてしまっていた。彼女の腕前はすばらしかった。私は思わず手を伸ばしてその大切なキセルを取り返そうとした。

「サッ」という音とともに、手のひらと腕はいっしょに「しつけ竹」で手ひどく打ちすえられていた。

何故か母親はびっくりするほど強かった。奪い取ったキセルを左手一本で軽々と振り回し、気合を入れて空中に投げ上げると、それは烏葉竹の藪の上を飛び越え、弧を描いて、右手の桐の木の茂った谷のほうに消えていった。

心底愛したその武器をもう二度と手にすることはできないと私は悟った。

「シャッ、シャシャッ、シャシャシャッ」母親は「しつけ竹」を振り下ろしだした。「アッ、ウッウッ、アッ、ワッ」泣きだしたりはしないぞと私はすぐに決めた。でも、ほんとうはものすごく痛かった。ほんとうに痛くてがまんできないほどだった。

それで結局、泣いたり叫んだりして逃げまわった。でもどうやっても母親の次々と飛んでくる「しつけ竹」から逃れることはできなかった。

「二度としないか」母親は手を休め、ぜいぜいと息を切らしながら言った。

「ワッ、ワッ」私は大声で泣いた。思いっきり泣き喚《わめ》いた。

「シャッ」次の一振りがきた。

「二度としないか。どうだい」

「しな……アッ、ワッ、ワッ」不思議だった。打ち下ろされた「しつけ竹」の痛みは一瞬、針を刺したときのような局所的な痛みとなって関節を直撃し、さらに骨に食い込む痛みとなり、それから周辺がヒリヒリし、それから火傷をして皮膚がただれたときのような痛みに変わった。最後にはあちこちの激痛がひとつにつながり、叩かれたところも叩かれなかったところも、とにかく全身が体の奥も皮膚も、すべてが同時に激しく痛みだした。

もちろん私は痛くて涙を流し鼻水をたれながら、大声で泣き叫ぶ。そのうえに母親の「二度としないか」という問いが飛んでくる。でも私はウンと言えなかった。絶対にウンと言えなかった。

私には秘密があった。「二度としない」という言葉の意味がわかったばかりの子供の頃、父はやってもいないことのために、足から真っ赤な血が流れるほど私を打ちすえた。父親は殴るとき、ズボンのスソを上までまくらせ、太ももいっしょに殴りつけた。彼は殴りながら「二度としないか」と言った。私は殴られてひっくり返った。死にそうになりながら、最後まで「もうしない」とは口にしなかった。母親はこの「惨事」のせいで父と大喧嘩した。

何故だかわからないが、私はどうしても「もうしない」と口にできなかった。

「紅いトサカ」を殺してしまうようなことは、もちろんもう二度とやることはない。もちろん二度とかわいいオンドリや犬を棒で撃ち殺すなんてことはやりはしない。でも、どうして「もう二度としない」って言わないといけないんだ。そんなのすごく意味のないことじゃないか。

それで母親がいくら聞いても返事をしないものだから、私はそのたびに打ちすえられた。一方で「シャッ」「シャッ」と打ちすえられる激痛に「気力」で耐えながら、「二度としない」という言葉が口から出そうになるのをがんばって我慢しないといけなくて、私の泣き叫ぶ声は逆に小さくなっていった。だってそうじゃないか、そんな言葉を口にしたら、バカみたいじゃないか。たった今まで我慢してたのが水の泡じゃないか。

「泉水《チュエンシュイ》、あんた、二度としないってお言い」

「……」

「シャッ」

「お言い、言うのよ。二度としないって、そうしたら」

「……」

「シャッ」

「泉水、言いなさい、あんた」おや、怒り過ぎて、母親は泣き出しそうになっている。

「……」もちろん私は口にしない。勝てそうだ。

「わかった。泉水、言わないんだったら、わかった」

「シャッ」彼女は「しつけ竹」を手にすると、また思いっきり振り下ろした。

でも、あれ、おかしい。母さんが打ちすえたのは私の足じゃなかった。

「わかったよ。あんたが悪いと認めないんだったら、泉水、あんたがどうしても言わないんだったら、だったら私が……」

「シャッ」

今度ははっきりみえた。母親は「しつけ竹」で自分の足を叩いていた。

「カア……サン」私は肝をつぶした。すぐやめさせるか逃げ出してしまおうと思った。でも何もできなかった。私はまったくその場を動けなかった。

「泉水……、あんたって子は、あんたは」母親は泣いていた。涙をあふれさせて泣いていた。

「シャッ、シャッ」母親はまた自分を二度叩いた。

「カアサン、オカアサン」私は全力で叫んだ。(私たちは日本語で「オトウサン」「オカアサン」と両親を呼んでいた。)

私はどうしたらいいのかわからなかった。ひさしの下に逃げ込んで、俯いてシクシク泣き出した。ほんとうに悲しくなって泣き続けた。私はもう母親を正視できなかった。

母親はやっとその奇妙な、自分で自分を叩く動作をやめた。

母親は手にした大きい「しつけ竹」を放り出すと、泣きながら近づいてきた。いや、そのまま客間に入っていって、それから寝室に向かったみたいだった。泣き声のなかにぶつぶつ言う声が混じっていた。私はもう泣き疲れて、泣きやみたかった。でも母親はそんな気がないみたいだった。しようがなくて私もずっとしくしく泣き続けた。

どれくらいいたったのだろう、私は壊れた竹製の椅子に座って眠りかけていた。急に、ふくらはぎがズキズキしだした。見ると母親が前にうずくまり、左手で柄杓《ひしゃく》のぬるま湯をかけながら、右手にもったやわらかいタオルで、ふくらはぎの血を拭いてくれていた。

そう、今度はきっと血がでるくらいしつけられたと思っていたが、自分の足をみて確かめたりはしなかった。このときはじめて、みみずばれになって血がにじみ、思っていた以上にひどいのがわかったのだ。

「ウウッ……」

「泣いているのか、なに泣いているんだい。泉水《チュエンシュイ》、この頑固者め。先が思いやられるよ。自分の一生だめにしちまうぞ。ウ……」そう言いながら、母親も泣いていた。

「ウウッ……」痛みはもう麻痺してしまっていたが、悲しくて悲しくて、私はもう一度泣き出したかった。

「どうして逃げないの。逃げればいいじゃないか」母親はそう言った。

おかしなことだった。さんざん叩いたくせに、今頃かわいそうになって、どうして逃げなかったんだって叱るなんて。

「叩かれたら、逃げればいいじゃないか。ごらんよ。こんなに血が出てる。おまえって子は……。ウウッ……」

母親はいったい何を言ってるんだろうか。こんなふうに私を責めるなんて。母親はまた泣きだした。

そう、私の母親はこんなななのだ。

母親は痩せた小さな女だったが、ほとんど病気はしなかった。一度だけ母親はすんでのところで死にかけたことがあった。それを病気といっていいのかどうかは私にはわからない。

その年、私はたぶん六歳だった。上の妹はまだ生きていた。二番目の妹はまだ一歳になっていなかったと思う。事情はこうだ。

幾日かずっと風も吹かず、蒸し暑かった。雨は降りそうで降らなかった。

上の妹は風邪を引いていた。下の妹はいつものようにけたたましく泣いていた。お乳が出ないので、お腹がへっているのだと母親は言った。母親に言いつけられて、私はサツマイモを薄く切って、それを擂り鉢ですりつぶして、練ったサツマイモを汁と一緒にしてなんとか二番目の妹に食べさせた。私は少し多めに作って、自分も食べた。

その数日、優等生の次兄は、長兄の仕事場の寮に泊まるといって、夜になっても山の家にもどってこなかった。もちろん父親はいなかった。この烏葉竹の藪中にある我が家に男手は、「役立たず」と母親がいつも言っていた三男の自分だけだった。

その日、母親は山に草取りや野菜の水やりには行かなかったようだった。お昼には大鍋でサツマイモを煮て弱火で煮詰めてから、私と上の妹に自分で食べるようにと言った。そして寝室に入ったまま出てこなかった。

午後、私は上の妹の善子に「老鴉肫《ラオヤーチュン》」という遊びを教えた。「老鴉肫」というのは烏のすなずりのことではなくて、籐の種子のことだ。種子は大豆のようにサヤに入っていて、三十センチほどの長さのサヤに十元硬貨大で五ミリくらいの厚さの丸くて黒い種が七、八粒あった。「老鴉肫」で「おはじき」ができた。善子に教えたのはいちばん簡単な遊び方だったが、それでも彼女はできなかった。あまり面白くなかったが、彼女に腹は立たなかった。この妹はとてもおとなしくて、何を言ってもいつもにこにこしていたし、母親に私のことを告げ口することもなかった。優等生の次兄は私をよくいじめた。いじめられるのは悲しいものだ。私はそのことを考える毎に、このおとなしい妹をいじめまいと心に決めるのだった。善子が死んでからというもの、私はずっと二番目の妹の信子が嫌いだった。それは後になってからのことだが。

昼からは退屈に過ぎていった。夕方、少し雨が降ったが、たいしたことはなかった。相変わらず蒸し暑かったし、風も吹かなかった。

母親はベッドに横たわり、ときどきうめいていた。空が真っ暗になる前に私は上の妹の面倒をみて一緒に干しイモを食べた。それが夕食だった。

私は大きな芋を二本薄切りにして、擂り鉢ですりつぶして、母親に持っていった。

「食べないかい」

「ありがとう。泉水《チュエンシュイ》、いい子だね。カアサン、病気なんだよ」母親の声はか細かった。普段は大声で有名だった。私がなにかしでかして谷の向こう側の丘に逃げこんだりするときなんぞは、谷越しに怒鳴ってもはっきり聞こえるくらいだった。

「カアサン、はやくよくなってよ」私はとても心配だった。

母親は私に二番目の妹を抱かせ、自分は横になったままで食べさせようとした。でもそれはとても難しかった。起きて食べさせたらと言ったら、うまく動けないのだと母親は言った。どういうことなのか私にはわからなかった。結局、私が食べさせるしかなかった。食べさせ終わってから、みんな眠りについた。

私たちは桂竹で作った竹製のベッドに寝た。冬は竹のベッドとゴザのあいだに藁をしいた。そうするとけっこう暖かかった。いまは、夏ももう終わろうとしていたが、相変わらず暑かった。それで私たちは藁もゴザもとってしまい、かたい桂竹の板の上に直接寝た。(どうしてゴザまでしまってしまったかというと、貴重品だったからだ。でもじかに藁の上に寝ると痒くなるから、冬はゴザをしかないわけにはいかなかったのだ。)

竹のベッドは大きくなかった。二番目の妹が生まれてからは、みんなは私を客間の隅においた兄さんのベッドで寝るように言った。私はいやだった。なにより、次兄は口うるさかった。

それに、何か彼のものが壊れたりするとすぐに私のせいにした。そして、私は一人では寝れなかった。母親のにおいを嗅いでいないと悪い夢をみて、寝つけなかったのだ。

結局、私は母親のベッドで寝た。二人の妹がいちばん内側で眠り、私がいちばん外側だった。後片付けが全部終わって、「水油灯」（つまりランプ）を吹き消そうとしたら、母親が言った。

「今夜は、灯りをつけたまま寝よう」

「どうして、灯油は高いじゃないか」

「カアサン……病気なんだよ。夜中に起きたとき……」

いつもなら、母親は真っ暗になる前に身体を拭き、食事が終わると、すぐベッドにもぐりこんだ。ほんの少ししかランプは燃さなかった。

「カアサン……、病気、重いのかい」私にはよくわからなかった。

「うん。あんた、少し離れて寝なさい。近寄っちゃだめだよ」

どういうことなんだろう。私は少し腹が立ったが、母さんは病気なんだと思い返した。重病には見えなかったが、しかたなくちょっと離れた。腕がベッドの端の竹の枠にぶつかるくらい右側に寄った。私は寄りすぎたかなと少し不安になって、話しかけた。

「カアサン、一日食べなかったじゃないか。干しイモ二本持ってこようか。ベッドでも食えるかい」

「フフ……」母親はちょっと笑ってため息をついた。「泉水《チュエンシュイ》、おまえ、頑固者だけど、思いやりのある優しい子だね」

「そんなことないよ」私はまた少し離れた。ほめているんだろうか、母親は今までこんなふうに言ったことはなかった。

「ねえ、泉水。病気は重いんだよ。夜が明けても、起きれないかもしれないよ」

「そんなことないよ。きっと大丈夫だよ」母親の言葉にますます心配になった。

「うん、でもね……朝になって、起こしても、私が目をさまさなかったら、そのときはね」

「そのときは……ねえ、どうしたらいいんだい」私は泣き出しそうになった。

「泉水、おまえすぐ村のはずれに行って、阿蒜《アスアン》おじさん家《ち》のおかみさんを呼んできておくれ。あの人……あの人だったら私を起こせるし、いろいろわかってるから」

「うん」母親が何を言っているのか、私にはわかった。「起こせる」なんて私がわからないと思っているのだろうか。私はわかっていた。それで「ワ……」と泣き出したんだった。

「妹が目を覚ますじゃないか」母親は怒った、でも声に力はなかった。

そう、そのとき私はいい子にならなきゃならなかったのだ。それでがんばって口をつぐもうとした。でもだめだった。息ができなくなって、口を開けて息をした。絶対に泣き声を出さないようにがまんしながら。

「泉水、泣くんじゃない。カアチャンは、よくなるから。おまえたちを見捨てたりはしないよ」

「……」私はがんばって我慢しつづけた。

「ねえ、カアチャンはね、がんばってるんだよ。でももし神さまが……そのときは、カアチャンを恨まないでおくれよ」

「……」

「もしものときはね、そのときは善子や信子のことをね……。ねえ、泉水や。おまえはいい星のもとに生まれてるんだよ。おまえはぜったいに丈夫で元気にがんばるんだよ。将来立派になっておくれなら、カアチャンは、天国にいてもさ……うれしいよ……」

母親はわけのわからないことを口走った。とりわけ最後の方は私に聞かせようとして言ったのではなかったと思う。でも、母親が何を言いたいのかだいたい見当がついた。

私は怖かった。頭がおかしくなりそうだった。ベッドからはい出して、家の外へ出て、大声で誰かに救いを求めないといけなかった。でも私は動こうとしなかった。いや、動けなかった。生涯でいちばん恐ろしい夜だった。

私はずっと眠る気にはなれず、眠れもしなかった。動く気にもなれず、動けもしなかった。外から雨の音が聞こえていた。ランプの灯は、できの悪いビワの実のように丸くなったり、蛍が飛んでいるみたいに細長くなったり、静止して動かなかったり、いきおいよく燃え上がったりした。まるで、そう、まるで死霊の舌みたいだった。

死霊と思った瞬間、私ははっと目が覚めた。もう少しで眠ってしまうところだった。

絶対に眠るもんかと私は心に決めた。「死霊の舌」をじっと見つめていようと決めた。死霊は人を捕まえにくる、人が死ぬのは死霊に連れて行かれるんだと、大人たちは言っていた。私は母親を守りたかった。死霊を母親のそばに寄せつけたくなかった。とても怖いけれど、怖がってはおれないと、たえず自分をはげました。

「夜が明けたら、すぐ阿蒜《アスアン》おじさん家のおばさんを呼びに行こう。龍崗《ロンガン》のはずれの阿妹《アメイ》おじさんも呼んでこようか。でも男だから、よくないか……」私は考え続けた。

まず阿蒜おじの家のおばさんに助けにきてもらおうと、私は決めた。それから阿妹おじに薬をつくってもらう。阿妹おじの薬は不思議な力があるから、うん、そうすることにしよう。そう考えると、気持ちがずいぶん落ち着いて、もう泣こうとは思わなかった。少し眠りたくなった。

「あれ、どうしたんだろ、ランプの灯が消えたんだろか」私はベッドから飛び起きた。やれやれ、灯はまだ消えておらず、小さく、豆粒のように小さくなっただけだった。油がなくなったようだった。起き上がってランプに油を足そうと思った。

私は手を伸ばしてベッドの竹の枠をつかんだ。あれ、手が、左手のところがどうしてぬるぬるするんだろう。赤黒かった、そして生臭い臭いがした。

「血だ。わー、血だよ、血だ」

はっきりは見えなかったが、感じでわかった。左手の肘から下と下半身の左側はぬるぬるした血の海に浸っていた。それは母親のどこから流れ出したものなのか。カア……チャン……。

「オカアサン」振り返って母親にすがりついた。

「ああ、泉……水、夜が明けたのかい」

「まだだよ。いや、ちょっと、ちょっとだけ明けたよ」

「怖がらなくていいよ。カアチャンはね『血崩』(子宮からの不正出血)なんだよ。夜が明けたら、阿蒜……おじさん家《ち》のおかみさんを呼んできておくれ。びっくりしないでいいから」

ランプが「ポッ」と消えた。もう外は明るくなっていた。

枕もとだけ残して、ベッドは血で赤黒く染まっていた。母親の腰から下は血でぬれていた。

私は外へ飛び出ると大声で泣いた。泣きながら「阿蒜《アスアン》おじん家《ち》のおばさん」と叫んだ。彼女が例の「漬物婆さん」で、私は嫌いだったが、そこまで考えている余裕はなかった。

大声で名前を呼んでから、私は家の右手の「谷間」をひた走った。坂を下りまた登りきった谷間のはずれの最初の家が阿蒜おじの家だった。意外にも、谷間の底まで駆け下りたとき、おばさん家の嫁さんの阿業嫂《アイエサオ》に出会った。彼女は私が血だらけなのを見て、卒倒しそうになった。

阿業嫂は私のかわりに急いでおばさんを家に連れて行ってくれた。彼女がどうやって母親を助けてくれたのか私にはよくわからない。私はずっと泣き続けていたし、泣き虫の妹に食事をさせてやらないといけなかった。私は母親にこの前教えてもらったように芋粥を作り、みんなの食事も用意しないといけなかった。それに、生のさつまいもの汁は二番目の妹に食べさせると危ない、芋粥ならだいじょうぶだと母親も前に言っていた。

お日様が高くなった頃、母親は小さい声で少し話せるようになった。

「血は完全に止まったよ」阿蒜おじん家《ち》のおばさんが言った。

母親は、しばらくは大丈夫だと私は思った。

「血崩だよ。この年まで生きてきて、こんなすごい血崩に出くわしたことはなかったよ。あんた、よく助かったもんだ。どうしてもっとはやく言わなかったんだい」この婆さんの説教好きなところが嫌いだ。

そのころには、谷間のはずれや蕃仔林《ファンツリン》からも人々がやってきた。ほとんどは女だったが、男もいた。阿妹《アメイ》おじはこなかった。出かけていていなかったのだと思う。

女たちはどんな秘薬で命を救ったんだろうかと、その処方について議論していた。でも阿蒜おじん家《ち》のおばさんはどうしても言おうとはしなかった。

「悪いけどね、みんなが知ってしまったら『秘薬』じゃなくなって、効かなくなってしまうだろう。でも、安心おし。誰かがまたたいへんなことになったら、必ず助けてあげるから」

ほんとうにケチくさい人間だ。私はますます阿妹おじに会いたくなった。いまはもう母親から危険は遠ざかったし、家に人もいたので、私は阿妹おじを探しに行こうと決めた。わたしは枕辺へ行って母親に小さい声で言った。

「阿妹おじさんを探しにいってくる。すぐ帰ってくるよ」

「あまり遅くなっちゃだめだよ」

「わかった。きっとすぐもどるから」私は外へ駆け出した。

「お待ち」誰かが追いかけてきた。「泉水、血だらけの服は着替えておいき」

「いい、着替えない」

「おまえ、カアサンの言うこと聞かないのかい、どうしたんだい」

「着替えない」私は立ち止まって、真顔で答えた。「カアサンがよくなるまで、ずっとこの服を着ている。よくなったら着替えるよ」

そう言って、私は一目散に駆け出した。その人はあきれてその場に立ちつくしていたんじゃないかと思う。どうして私がそんなこと言うのか、不思議だったろう。母親もたぶん少しは怒ったんじゃないかと思う。でも私は母親は本気で怒ったりはしなかったと思う。たぶん母親は私がどうしてそんなことをするのか、どうしてそんなふうに言うのか、私よりも前にずっとよくわかっていたはずだ。なによりカアサンは私の母親なんだから。

ほんとうはそのときあまり考えもなしでそんなことを口にしたのを、自分でもちょっと頭にきていた。どうしてそんなふうにし、そんなふうに言ったのか、そのときは自分でもよくわからなかったのだ。後に大きくなって大人になり、結婚し、夫となり父となってからも、自分があんなふうにし、あんなふうに言ったことの意味がほんとうにわかっているかというとやはりあやしいけれど。

もちろん、それはたいしたことではない。大事なのは、とにかく母親は七十一歳まで生きたことだ。その急逝は私に一生消せない後悔の念を抱かせることになったけれども。

（私が結婚する前夜、母親はそっと私にあるものをくれた。包みをほどくと、それは二十五センチメートルほどの長さに切りそろえた二百グラムくらいの麻ヒモを束ねたものだった。これが「血崩」を治す秘術だよと母親は言った。あのとき、母親の命を救ったのがこれで、どうするかというと、適量の麻ヒモを燃やして完全に灰にし、それからきれいな湧き水と混ぜる。空腹時に飲んで、二時間ほど静かに横になっているといい。病後の栄養や造血には、別に薬屋で薬を買うんだそうである。

それから、この秘術は阿蒜《アスアン》おじの家のおばさんが死ぬ前に母親に教えたものだった。）

山の女

李喬▼三木直大 訳

秋の気配とともに、竹藪の緑が淡い黄土色にかわり始めた。木々は空に向かっていきおいよく枝葉をのばし、周囲の山々もいつもどおり美しかったが、どこか疲れたような気配を漂わせていた。

漬物婆さんはサツマイモのスープをすすると、阿春《アチュン》の家に向かった。お日様はもう屋根の上に出ていた。蕃仔林《ファンツリン》ではどの家も一日二食が普通だった。

婆さんは出かけるとき、竹筒に湧き水をつめた。彼女は急な坂道を少し登っては座り込んで水を口に含んだ。そうやって何度も何度も口を潤しながら、お日様が西に傾き始めたころ、ようやく阿春の家の前にひろがる蜜柑畑にたどり着いた。

阿春の家はほんとうに遠かったが、漬物婆さんにも問題があった。誰も彼女の歳を知らなかったが、年々小さく縮んでいくことだけは確かだった。痩せこけ、両の足は彎曲して、子供の玩具の小さな弓をひきしぼったような曲線を描いて向かい合っていた。カサカサの黄色い皮膚で覆われた手には、血管の青筋が浮いていた。真っ黒な鼻の穴以外、目と口は顔じゅうに刻まれた深い皺と見分けがつかなくなってしまっていた。彼女は年がら年中、黒いシャツを着て、擦り切れた青いネルの布を頭に巻きつけていた。頭には短い白髪がまばらに残っていて、てっぺんは禿げ上がり、うっすらと赤くなった皮膚が露出していた。彼女は幾度も気持を奮い立たせてやっと出かけてきたのだった。

阿春《アチュン》の家は蕃仔林《ファンツリン》のてっぺんの「とんびのくちばし」にあった。そこから先は青い空と白い雲のほか何もなかった。人家はほとんどなく、阿春夫婦は謝《シェ》さんの本家の蜜柑畑の世話をしていた。亭主の阿槐《アホアイ》が徴用で南方に軍夫にとられてから、阿春はほったらかしにしていたけれど。

本家の謝老人はもう八十歳近かった。息子は三人とも軍夫にとられていて、働き手は誰もいなかった。広い蜜柑畑も長いあいだに荒れ放題になり、どこから畑かわからなくなってしまっていた。

婆さんは空っぽになった竹筒を投げ捨てると、阿春の家の前で立ちつくした。

そこは干乾びた小さな広場になっていた。もとは赤っぽい土色だったのに、お日様に照りつけられ、干乾びて白っぽくなっていた。草は一本もはえていなかった。

萱葺きの屋根まで白っぽかった。

あたりは静まりかえっていた。ニイニイゼミの鳴き声だけが、すさまじいくらいやけにはっきり聞こえていた。

「阿春たちはぐっすり眠り込んでんだろうな」蕃仔林《ファンツリン》の人たちがみなそうであるように、ちょうど昼寝の時間だった。眠れば体力の消耗が防げたし、一食減らしてもなんとかやっていけたのだ。

婆さんは戸口までいくと、また反対向きに歩き出した。彼女は遠くに目をやり、お日様をちらっと見あげてから、俯いて思案しだした。

まったく風はなかった。山バエが二匹ぶんぶん飛び回り、円を描いたり交差したり、地面すれすれに飛んでいたかと思うと空中に舞い上がったりして、追いかけっこをしていた。

「今はだめじゃ。先に蜜柑畑にまわって一つ二ついただくとするかい。どのみち、晩飯を食わしてもらうんだし、利息みてえなもんだ」婆さんはそう考えると笑い出した。笑うと、垂れた頬や皺くちゃになった唇がさらに縮んで、すぼんだ口が大きな黒い穴のようになった。

蜜柑畑は阿春の家の左手裏のすぐ後ろから、まっすぐ「とんびのくちばし」の下のあたりまで続いていた。もともとここの蜜柑は初冬近くに最盛期を迎え、濃い緑の葉の間に黄金色の果実をたわわに実らせたものだった。だが手入れする人がいなくなってからは、雑草が生い茂り土地も痩せてしまい、今では木の育ち具合もおかしくなって、何の木かわからなくなってしまっていた。痩せた枝にせいぜい二、三個、色づきの悪いピータンぐらいの大きさの蜜柑がなる程度だった。そのうちのいくつかは足の親指くらいの大きさで、黄色くかたちもいびつで、熟しきったキンカンみたいだった。

カヤの草むらにすっぽりとおおわれた何本かの木が、清楚で可憐な季節はずれな花をいくつかつけていて、それがなんとも寂しげだった。

「まったく、なんてありさまだい」婆さんはしきりに首をふった。

婆さんは背が低く、蜜柑の木は背が高かったから、手が届かず、しばらくさがしてようやく一、二個みつけられるといったありさまで、たいそう骨がおれた。そんなこんなで、蜜柑にありつけないうちに汗がふきだしてきた。大汗はかくわ、腹はすくわで、腰がずきずき痛み、腹までぐうぐう鳴り出して、頭がくらくらした。婆さんはふらふらよろめいて座り込んでしまった。

「白いおまんまが食べてえ」

婆さんはぶつぶつ言った。そしてそれが今日は阿春《アチュン》から二合ばっかしの米を取り返しにやってきたんだってことを思い出させた。

半年前の夜のことだった。

彼女はいつもどおりお日様が西の山に沈むとすぐ戸締りをして床に入った。誰かが戸をたたく呼び声で目がさめて、崩れかけた壁の割れ目からのぞくと、明かりが見えた。切り出した竹を川の水に数ヶ月漬けておいてから取り出して乾燥させ、縛って松明にしたもので、山の人々は夜道を行くとき、みんなそれを使った。

「何ごとだい。こんなにおそく、どうしたっていうんだ」彼女は手探りで戸を開けた。

「おれだ、阿槐《アホアイ》だよ。後生だから、戸を開けてくれ」松明を持った男のしわがれた声がした。

「何だって。おまえご奉公に行ってたんじゃなかったのか」思いもかけないことだった。

「今日は休みなんだ。急に家に帰りたくなって、夜道をやってきたんだ、そんなもんで……」

「ご苦労なこった。それでどうしたんだい」

「足が棒みたいになっちまった。おまけに朝から何にも食ってねえ」

「ここで一晩やすんでって、朝になってから山にもどったらどうなんだい」

「とんでもない、もう二ヶ月になるんだぜ。今夜じゅうに帰りてえ」

「それで水でもほしいのかい」

「そうなんだ。それから少し何か食わせてもらえねえか」

家に入れてやるしかないなと彼女は思った。でも、とっくに食事の後片付けはすませてしまっていた。

「食ってねえのか。それじゃあ、何かつくってやる」

「とんでもない。生のイモでじゅうぶんだ。米まで食わせてもらうわけにはいかない」

そう聞くと、彼女はほっとしてイモを何本かいそいで洗うと手渡した。

「うまいぐあいにイモがあった」彼女も思わずかじり始めた。

「一人で暮らしが楽なんだ」

「阿槐《アホアイ》、ばかいうんじゃねえ。年寄りに食いもんが手に入らないのを知らないわけでもあるめえ」彼女は顔色をかえて怒った。

「でも、おれたちんとこは……」阿槐は彼女を見て口をつぐんだ。

ゆらゆら揺れる明かりで、彼女はそのときになってはじめて阿槐の顔色が普通じゃないのを見てとった。彼女は驚いて言った。

「どうしたんだい、こんなに痩せちまって。体をこわしちまったのか」

「ヘッ、飛行場づくりなんぞ、誰だって面白くなかろうさ」

「本島のほうがまだしもだってな」

「もちろんさ、ほとんど生きてもどってこれるしな」

「死人がでるってことかい」

「そんなやつもなかにはいるさ」阿槐は苦笑した。だがすぐに注意深くまわりを見渡して、真顔になった。

話が途切れ、二人は黙って松明の火が燃えるのをぼんやり見つめていた。周りは静まりかえり、ときどき狐の鳴き声が聞こえてきた。

「ふうー……」阿槐は長いため息をもらした。

「ん……」眉をしかめると顔じゅうがくしゃくしゃになった。

「おれんとこは三人だが、ここ何ヶ月も白いおまんまにはおめにかかってない」

「米の配給があるだろ」

「いや、阿春《アチュン》はどうやったらいいのかわからないんだ。それにあいつは町に出たこともねえし、金もない」

「それじゃ、だめだ」

「それにさ」

「どうしたんだい」

「あのバカ、どうしようもねえ。警察を見ると青くなって震えちまって、立ってられずにへたり込んでしまうんだ」

「わしだってあのサーベルぶら下げたのを見たら」

「おれは飛んで帰って、あいつらが餓死してねえか確かめたいんだ。でも顔をみるのもなんかこわくてよ」

「春枝《チュンチー》は手伝いができるんじゃないのかい」

「十五歳だってのに、しつけてやるもんもいねえ」阿槐《アホアイ》はかすかに頭をふった。

「やれやれ、どこもおんなじだ。隠しておいた米に頼らなきゃ、やっていけねえんだ」彼女はちょっと間をおいてから、すぐに続けた。「隠し米なんぞ、何時までも持つもんかい」

阿槐は少し曲がった背骨をぴんとのばすと、目をぱちくりさせて何か言おうとしたが、俯いて口をすぼめ、押し黙ってしまった。でも一秒もしないうちに、我慢できなくなって、とうとう口ごもりながら話し始めた。

「婆さん、おれは、おれは……」

「どうしたんだね」彼女は寒気がして、さっと立ち上がった。

「米を貸してくれないか、あんたも知ってるように、あいつら」阿槐は俯いていた頭をゆっくりとおこした。その表情は悲痛に満ちていた。

「だめだ、だめだ、さっき言ったのは違うんだ」彼女は後悔した。

「何ヶ月もあいつらに米を食わせてやってないんだ、すまねえ」阿槐は彼女が返事しないので、おずおずと繰り返した。「おれがもどって、あいつらが死んじまっていたら、米はきっとあんたに返すから」そう言いながら、阿槐はまた俯いた。

「ふうー」棍棒で殴られたみたいになって、彼女は苦しげに頷いた。「わかったよ、二椀分、貸してやるよ。きっと返すんだぞ。ふうー」

阿槐は元気を出して礼を言おうとしたが、結局なにも言えなかった。婆さんが寝台の下から取り出したかび臭い米を、黙って受け取った。

彼女は阿槐が片手に松明をもち、片手に米を入れた竹筒を提げて、呆けたような笑いをうかべて遠ざかっていくのをながめていた。妙にまぶたがかゆくなって、彼女は首をふりながら目をこすった。だが阿槐の影はどうしてもまぶたから消えなかった。

「かわいそうに、大の男があんなになっちまって、なんてご時世だい」

「この漬物婆さんだって、肝腎の漬物がもう」

婆さんの漬物は、蕃仔林《ファンツリン》じゅうに知れ渡っていた。どの家でもほめた。彼女は家という家にあげていたのだ。よその人は、旧暦の正月前後にだけ漬物をつけるが、彼女は年がら年中で、甕のなかに漬物がないことはまずなかった。それに彼女は漬物をじゅうぶん水気を切ってから、何日かさらし、口の狭い甕に入れてから、口を下にひっくり返すのだ。そうすると「古漬け」になった。彼女の甘酸っぱい漬物は、香味の濃厚で芳醇な「古漬け」で、蕃仔林の名物の一つになっていた。

でも、それは昔のことだった。彼女はもう漬物をつける気はなかった。配給の塩は煮物や粥に入れるくらいの量しかなかった。

「隠しておいた米までなくなっちまった」

婆さんは自分がひどく腹を立てていること、座っていたはずなのにいつのまにか体を横にしていることに気づいた。彼女は目を動かし、ざわざわと風に揺れる木々をながめた。お日様が葉っぱの樹脈まで浮きたたせ、夢をみているみたいだった。

「あれこれ思ったって、何の足しにもなりゃしない」またどうしようもない飢えが押し寄せてきて眼を開けておれなかった。咽喉や口から次々と生唾がわいて出てきた。

「眠るんだ、眠るんだ……」彼女は無理やり眠ろうとした。

「眠っちまえば、何もこわいもんはない」

婆さんが目覚めたとき、あたりはひっそりし、お日様も翳り始めていた。彼女は目を開き、ゆっくりと伸びをしてから、ようやく体をおこした。

「ああ、眠い」腹が空っぽで、腰や足に力がはいらなかった。

彼女は足をひきずりながらよたよたと坂を下って行った。しきりにお日様を仰いでは、時刻を気にしていた。

「阿春はまだ飯を食ってねえだろ」彼女はあわてて自分を慰めた。

阿春の小さな小屋があらわれた。うっかり彼女は落ち葉に足をとられて、ひどく滑って尻餅をついた。そのまま坂をずるずると滑り落ちていった。

「アー、アー」仰向けになった亀のように彼女は手足をばたばたさせた。

「アハハ」左手の菅草の茂みから笑い声がした。

「誰だい」彼女は体をおこして四つん這いになった。

返事はなかった。でも丈の高い菅草の穂が動いた。からかわれているような気がして、面白くなかった。少しこわくもあった。怒りがだんだんこみあげてきた。彼女は石ころを握ると、這うようにして草むらに近づいた。

「誰だ、出て来い、隠れるな」

「わっ」肩まで髪をのばした女の子が、びっくりして立ち上がった。どうすればいいかわからないみたいに、目を開き口を開けていた。

「あ」彼女は驚きのあまり息が喉につまって、どうやって呼吸をしたらいいのかわからないみたいだった。

長い髪の女の子は少し腰を曲げると、身を翻して、生い茂った草むらのなかにすごい勢いで飛び込んでいった。

「うん、なんだ、春枝《チュンチー》じゃないか」婆さんは血を吸うヒルの小さいのが鼻のなかに飛び込んできたみたいに声をとがらせて叫んだ。

「春枝か。おまえ、おまえズボン履いてねえのか。おい、十いくつになるっていう娘が。おーい、おーい」

彼女は腹立ちのあまり手足をばたつかせ、目を強くこすった。目に焼きついた春枝の痩せた白い尻をこすりとろうとしているみたいだった。

「なんてこったい。なんて母親なんだ、阿春《アチュン》のやつ」どう罵ったらいいのかわからず、彼女はつばを飲み込んだ。

「阿春とかたをつけなきゃ」

阿春がどこから嫁にやってきたのか、誰も知らなかった。聞いたところで、恥ずかしそうに笑うだけで、何も言わなかった。

蕃仔林《ファンツリン》ではこんな笑い話が伝わっていた。阿春の嫁入り道具は、朱塗りの長持だけだった。彼女の替わりに長持を担いできた親戚は、山を登って阿槐《アホァイ》の家についたときには疲れて顔面真っ青だったそうだ。その日は酒も食い物も喉を通らず、家に帰って二日間寝込んだという。つまり、それぐらい重かった。

新婚初夜に、客間に泊まった遠方からやってきた親戚たちは、寝室から長持をあける「ガタガタ」という音をみんな聞いたそうだ。

「なんだ」と阿槐の声。

「なんでもない、なんでもない」阿春の声は小さかった。

「おい、おれに見せてみろ、中に何が入っているんだ」

「だめだよ、だめ、だめ」

翌日、親戚が聞いても、阿槐は何も答えなかった。

どこのワルガキか知らないが、嫁が外出した留守に中に入って長持を開けてみたのがいた。

グァバと玉蜀黍《とうもろこし》がいっぱい入っていたそうだ。

どうしてそんなにグァバが好きなんだと聞いたのがいた。

「母さんが、嫁入り道具が空なのはよくないって言った」

「だったらあの夜、必死になって長持を開けて何をしてたんだ」

「グァバを食べていた」彼女はばつが悪そうに笑った。

「腹が減ったのか」

「いや。母さんは腹をこわさないか心配していた」

「よく腹をこわすのか」

「いや。母さんが心配したのは、普段は肉や脂もんはめったに食わないのに、嫁入りの日にはたんとあるから、すぐにって」

「それで一晩中グァバを食っていたのか」

「母さんがそうしろって」

「嫁入りのかごに乗る前に何も食わなかったのか」

「食った、『ヴァナワン』（小麦粉でつくった小さなもち）を食った」

「どれくらい」

「ちょっとだよ」彼女は俯いてうじうじしだした。

「言ってみな。どれくらいだ」

「甘いの三杯としょっぱいのを二杯、それから塩を入れないで一杯」

「やれやれ、どうして塩を入れなかったんだい」

「お腹が減っていて、最初の一杯は塩を入れないうちに食っちまった」

「……」

阿春《アチュン》の頰はとても美しかった。前髪と鬢がひどく短かった。鼻と下あごが少しとがっていた。小さな目はやさしげで、上唇が少し上向きだった。口元にはいつもはにかんだような笑みをうかべていて、それが上唇と小鼻の間に何本かの不自然で突っ張った皺をつくっていた。頼りなげなかわいらしい女だった。

でも、彼女はいつも鼻をすすっていた。鼻水が出る出ないにおかまいなく、それが癖になっていて、彼女の美しさを少々損なっていた。

阿春は数を聞かれるのをいちばん嫌がった。

「阿春、いくつで嫁にきたんだ」

「十八歳」

「今は」

「今、十八だよ」

「亭主は何歳だ」

「十八歳」

「じゃ、春枝《チュンチー》は」

「たぶん十八」彼女は少し考えてから答えた。顔は困ったような笑いでひきつっていた。

「おまえは十八歳だって誰がいったんだ」

「母さん」

「誕生日はいつだ」

「母さんは粽子《ちまき》を食べた翌日だって言っていた」

「やれやれ、阿春《アチュン》、おまえはばかだ、わかっているか」

「わかってる」彼女はうなだれて微笑むだけだった。

「わかっているって」

「阿槐《アホァイ》がそう言っていた」

「亭主はやさしいのか」

「いいや。母さんよりもっとわたしを殴るよ」笑みが凍りついた。

「亭主は嫌いか」

「いや、こわいんだ」

「そんなにばかだと、亭主もおまえを捨ててしまうぞ」

「そんなことない。阿槐はそんなことしないって言った」大声で答えたが、笑みは消えていた。

「亭主がもし逃げたら、どうするんだ」

「そんなことない」不自然な笑みがまた浮かんだ。「だったら、そのときは母さんのところへもどる……」


婆さんが阿春の小屋までもどったとき、入り口はしまっていた。彼女は戸をたたきもせず、不機嫌そうにどんと戸をおした。鍵がかかっていなかったから、彼女は前につんのめって、ころびそうになった。

「阿春め。死んでねえか」婆さんは口から出放題に罵った。

阿春は歪んだ小さな竹の椅子にきちんと座って、麻ヒモで黒いズボンを繕っていた。それは麻袋を繕う針と糸だった。

「わたし、死んでないよ……」阿春は面食らったみたいだった。

「……」婆さんは口をもごもごさせた。

阿春は髪の毛を束ねて髷にせず、ざんばらにしていたから、目と鼻と口しかみえなかった。灰で染めた黒っぽい服を着ていて、右肩のところは繕ってあった。左肩は剝き出しになっていて、骨が浮いて見えていた。

「おまえ」婆さんは喉下まで出かかった言葉を飲み込んで、替わりにこう言った。「午後の飯、もうつくったか」

「まだだ」

「よかった」婆さんはホッとした。「急いでなにか腹に入れさせておくれ。はらぺこだ」

「な……いよ」阿春は恥ずかしそうに笑った。

「なんだって、なにも食わせないっていうのか、おまえ」婆さんは怒りで、頭がかっとなった。

「マッチがないんだよ……」

「煮炊きもしてないってかい」

阿春は申し訳なさそうな困ったという顔をしながら、薄ら笑いを浮かべているだけだった。

「おまえたちはなに食ってんだ」

「生のサツマイモ」阿春は部屋の隅に積んだイモのほうへ顔を向けた。

「ずっと煮たもん食ってないのか」

「うん、慣れちまった」

婆さんは腹が減りすぎたからか、阿春の話や顔をみて不愉快になったからか、体中に鳥肌がたってきた。それでも婆さんはイモを一本手にとると、服でごしごしこすった。

阿春は婆さんがイモに食いついているのを見て、繕っていたズボンを手にして立ち上がろうとした。でもちょっとためらってまた座りこんだ。

「おい、春枝《チュンチー》がおもてを走りまわっているの知ってるのか」婆さんはイモを一本半ほど食って、少し元気が出てきた。

「わかってる」

「ズボンはいてねえぞ、知ってるか」

「わかってる」

「おまえな……」婆さんは皺だらけの口元をもっとゆがめながら、どう言ったらいいかわからなかった。

「ちくちくするっていって、春枝は麻のズボンはきたがらねえんだ」阿春はすまなさそうに答えた。

「息子の阿煥《アホアン》はどうしてる」婆さんは話をかえた。

「知らない。帰ってくるときもあるし、外で泊まってくることもある」

「春枝もそうなのかい」婆さんはびっくりした。

「春枝は違う。うちの人が家に寝に帰ってこなかったら、ぶっ殺すって言ったから」

家は、竹で編んだ壁の上に泥を塗り重ねてあった。でも土はとっくに剝げ落ちて、腐って不ぞろいにばらけた竹が外に出ていた。

お日様は西にだいぶ傾いていた。太陽は沈むのはおそかったが、沈んでしまったら周囲はすぐに真っ暗になった。

婆さんはいつのまにか、米を二杯分取り返すのをあきらめてしまっていた。

「亭主はすいぶん長いこと南洋にいったままだけど、会いたくねえのか」

「会いたい」

「こんな山奥で、こわくねえのか」

「こわい」

「おい。亭主のかわりにちゃんと子供の面倒みるんだぞ」

「うん」

「子供がどこかへいっちまったり病気で死んじまったりしたら、おまえ殺されちまうぞ」

「うん」

「わしは帰る」彼女は立ちあがると、ため息をついた。

「一晩泊まっていくか、でなきゃもう少しいておくれ」

「あ、そうだ。少し塩をくれないか。塩気なしの生イモ食ったもんだから、力が出ねえ」

「だったら、あれ使っておくれ」阿春はイモを積んである場所を指さして言った。

それは手の指くらいの太さの木の枝で、香椿《チャンチン》の葉のように、節ごとに細い葉が二枚向かいあってついていて、枝と葉の間にブドウの房みたいに淡赤色の大豆くらいの大きさの種がなっていた。

「塩の木をかわりにしてんのか」婆さんはほんとうに信じられなかった。

その淡い赤色の実には薄く「霜のような粉」がふいていてしょっぱかった。でも酸っぱくて渋くって、少し苦みもあった。

「阿槐がいなくなってから、家に塩がねえんだ」阿春はもじもじしながら、許しを請うように婆さんをみて笑った。

「亭主がずっともどってこなかったら、どうするんだい」

「わからない」阿春《アチュン》は小さい目を見開いて、すっと立ち上がった。「そんなことないよ。ずっともどってこないなんてことないよ」

「わからないだろ」婆さんはわけのわからない怒りがこみあげてきた。

呆然とつっ立った阿春の膝からズボンが落ちた。

「なんだい。おまえも何もはいてねえのか」

阿春の痩せこけてかさついた二本の白い太股が剝き出しになっていた。上着で少し尻が隠れているほかは、全部丸だしだった。

「脱いで繕ってたんだよ」阿春は両手で前を隠し、腰を曲げて膝を折った。どうしたらいいかわからないみたいだった。

「早くはけ」

「まだ繕いおわってない」

「はくんだ」

阿春はおとなしくズボンをはいた。でもその右足は膝小僧のあたりから下が二つに裂けていた。阿春の顔にはまだ必死に取り繕った笑みが残っていたが、それはもう笑みとはいえず、泣き顔よりもっと見ていられないような顔つきになっていた。

「おら、はいたよ」

「帰る」

婆さんは前屈みになって門を出た。ひどく侮辱されたような気がした。肥溜めに落ちて這い出てきたような気分だった。

「これ、持っていっておくれ」阿春が追いかけてきて、イモを二本差し出した。

婆さんは足を止めて、振り向くと、何か言いかけたが、また口をつぐみ、頭をふった。少し歩き出してから、婆さんは塩を分けてやろうと急に思い立った。でも同時に取り返し損ねた二椀分の米がやっぱり惜しくもあった。

婆さんはどうしたものかと思いながら、もう一度立ち止まって振り向いた。

阿春はやはり突っ立ったままだった。イモを抱えてぼうっと空を見上げていた。

お日様は西の山に沈みかけていた。空には秋のけはいを知らせるような真っ白な雲がいくつか浮かび、雲のふちは、もう黄金色に染まっていた。

李喬（リ・チアオ）

一九三四年六月、台湾北部の苗栗県の農村で生まれる。本名は、李能棋。評論活動を行うときには、壹闡堤《イーチャンティ》という筆名を使うこともある。新竹師範学校を卒業後、ながく地元の小学校や中学校で教員を勤める。一九六〇年頃から創作を開始し、台湾の「郷土」をテーマとした盛んな作家活動を続けている。一九八二年に退職後は、作家活動に専念。現在は台湾筆会の会長のほか、総統府の国策顧問も勤めている。

代表作には、日本統治期を背景に『孤燈』『寒夜』『荒村』の三部作からなる、ある台湾人一家を描いた長編小説『寒夜三部曲』（遠景出版社、一九七七年から一九八一年にかけて執筆）があげられる。また、短編小説も数多く、二〇〇〇年には『李喬短編小説全集』全十巻・資料編一巻（苗栗県立文化中心）が出版されている。『台湾人的醜陋面』（前衛出版、一九八八）や『小説入門』（大安出版、一九九六）などの評論のほか、詩集『台湾、我的母親』（草根出版、一九九五）もある。

今回、翻訳した二つの作品は、発表年にはかなりのひらきがあるが、ともに李喬の生まれ育った地方を舞台にした作品であり、とくに「母親」のほうは作者自身の少年期の体験を色濃く反映したものになっている。作者の注にもあるように「阿妹おじ」は『寒夜』にも登場するし、「阿妹おじ」と題した短編小説もある。「山の女」の「漬物婆さん」にしろ、他の作品中にも登場する、いわば李喬ワールドを構成する主要人物たちである。「山の女」

は、原題は「山女」。執筆は一九六九年。翻訳は、『李喬自選集』(黎明文化事業股份有限公司、一九七五)収録のものを用いた。また「母親」は、原題は「母親的画像」。初出は『台湾時報』副刊に一九九四年四月十二日から十四日に掲載された。翻訳は、『李喬短編小説全集』収録のものを用いた。

日本での他の翻訳作品には、松永正義訳「小説」(『三本足の馬』収、研文出版、一九八五)、下村作次郎訳「密告者」(『バナナボート』収、宝島社、一九九一)、同「パスタアイ考」(『悲情の山地』収、田畑書店、一九九二)がある。

客家村から来た花嫁

彭小妍▼安部悟 訳

王《ワン》おじさんが結婚することになり、日取りは六月と決まった。これは仁愛新村《レンアイシンツン》のトップ・ニュースになった。決して結婚そのものが珍しいわけではなく、新婦がなんと初婚の若い娘だというのが事件だったのである。王おじさんは四十過ぎで、普通で言えば、子連れの相手を探すのが関の山である。例えば孫《スン》おばさんが嫁いで来た時にも、男女二人の子連れで、孫おじさんは子どもがご飯を食べ過ぎると、一日中ぼやいていた。そうでなければ身請けされた娼妓を探して来るかで、李《リ》おばさんなどは、嫁いで来てもう何年にもなるのに、いまだに厚化粧で、「門口に立って男に媚を売る淫売のよう」（李おじさんがおばさんに毒づく時のセリフ）である。王おじさんの相手はまだ十七で、「老いぼれ牛が若草を食《は》む」ようなものだとみんながからかうと、おじさんは禿げ頭を掻きながらただニヤニヤしている。

幸運だったのは、この縁談が相手側から持ち込まれたものだということだ。実は王おじさんには、四川の実家に親の決めた許嫁がいたのだが、抗日戦争の時に十万青年軍（原文は「十万青年十万軍」で、抗日戦争末期に国民党政府が知識青年を動員するために用いた徴兵スローガン）の呼びかけに応え、わけも分からないまま十六で故郷をあとにした。部隊と共に大陸中を転戦したあげく、故郷から遠く離れた台湾にたどり着き、退役してわたしの父の学校で軍事教練の教官になったというわけだ。その頃の王《ワン》おじさんは、屈強な体つきをした男前で、髪も「怒髪冠を衝く」（本来は激怒する様子を表す成語）かの如くフサフサしていたようで、町の嫁入り前の娘でその気になったものは数知れず、あちこちでしきりに噂し、遠回しに彼に結婚する気があるかどうか聞き出そうとした。しかし情に厚い王おじさんは、ただ故郷に戻ってあの許嫁の「芸《ユン》ちゃん」との婚約を履行することしか考えていなかった。数年が経ち、町の人々は次第に彼の頑固一徹な気性に気がつき、彼のために死ぬほど身を焦がした娘たちも、その思いをきっぱりと断ち切り、泣く泣く他家に嫁いだのだ。王おじさんが「芸ちゃん」のことをどうにかあきらめ、二度と口にしなくなった時には、黒かった髪も抜け落ち、もはやあの頃に戻るすべはなかった。当初彼のために身を焦がした娘たちも、すでに何人もの子持ちになっていた。彼はこのときやっと時が過ぎ去ったことに気づき、子孫を残すという大事を毎日考えるようになり、あちこちで「不孝には三つあるが、跡継ぎがないことが最大の不孝だ」（『孟子』「離婁篇」の言葉）と嘆くのだった。ところがちょうど折りよくと言うか、そういう時に仲人が縁談を持ち込んできたのだ。ところで、仁愛新村《レンアイシンツン》にはこれまで隠し事というものがなく、村で妻を娶りたいと思う人がいれば、娘を嫁がせたいと思っている人のところに自然に話が伝わるのであり、この縁談も実は少しも不思議なことではない。「破れ鍋にとじ蓋」というのは世の習いである。

意外だったのは、縁談の相手がまだ十七のおぼこで、その上みずみずしく輝くような顔立ちをしているということだ。絶世の美人というわけではないが、人を引きつける清らかな美しさがあった。お見合いの日、わが家の客間には仁愛新村の長老格のおじさん、おばさんたちが勢揃いし、騙されないようにと厳しく目を光らせていた。客家村の彭《ポン》家の娘は家族に伴われて入ってくると、すぐに席に着いたが、そのいでたちはその場にふさわしく、顔にはほんのり薄化粧をして、両手をきちんとひざの上に揃え、自分の靴先をじっと見つめ、たまに目を上げ周りの人を見る様子は、とても自然で落ち着いた感じだった。

李《リ》おばさんが張《チャン》おばさんに声をひそめて言った。

「歩き方から見て、からだは健康そのもの、手足にも悪いところは無さそうだね」

「五体満足で、顔立ちも整っているよ」張おばさんも言った。

藍《ラン》おばさんが軽く咳払いをしてさりげなく聞いた。

「あなたたちみたいな若い女の子は、普段は何をして遊ぶの?」

「この子はおとなしいばっかりで、毎日やることといったら家事や畑仕事だけ。何も知らないんですよ」娘の母親が答えた。

「わしら百姓はずっと貧しかったんで、この子を学校にやることもできませなんだ。この子は読み書きもできんので、王先生には不釣合いじゃなかろうかと案じとります」娘の父親が言うと、「女の子は字が読めなくたってかまいません。炊事、洗濯さえ出来ればいいんです。ただ、わたしは年がいっているので、この子が嫌がるんじゃないかと心配です」王おじさんはあわてて言った。

みんなの目が娘に注がれた。娘はまるで聞こえなかったかのように、靴先を見たままじっとしている。

余《ユ》おばさんがキャンディーの箱を彼女の前に差し出しすすめた。

「どうぞお上がり、口がとろけるよ」

娘の母親はすぐにチョコレートを一つ取って娘に渡しながら言った。

「おばさんにお礼を言いなさい、ありがとうございます」

娘も素直にそのまま繰り返した。

「おばさんにお礼を言いなさい、ありがとうございます」

余おばさんはそっと余おじさんに言った。

「声はさわやかだし、元気もあるね」

それを聞いて、みなもしきりにうなずいた。ひざの上に置かれた娘の指が少しもじもじし始めた。チョコレートを食べたいのだが、少し気兼ねして食べられないのである。彼女はチョコレートをしっかり握りしめており、暑さのせいで手が汗ばみ、チョコレートが融けて彼女の小さな柄入りの洋服の上に垂れてしまった。

「畑の方が忙しいもんで、長居するわけにもまいりません。それじゃ、わしらは戻りますんで」

娘の父親が言った。

こうしてお見合いは首尾よく終わった。ところが娘の側から、祖父が亡くなってまだ二週間、四十日は結婚できず、一年の喪が明けるまで待って欲しいと言って来た。あわてた王おじさんはすぐこの美しい娘を娶ることにし、三週間後にはもう披露宴を開くことになった。

新婦は客家だ。当時、苗竹《ミアオチュ》一帯（台湾北西部の苗栗、新竹県一帯を指す）の山間には多くの客家が分散して暮しており、客家村と総称されてはいたが、何しろ山間の土地は広く交通も不便で、丸一日歩いてやっと隣の家にたどり着くということも珍しくなかった。彼らは互いに名前くらいは知っていたが、誰かが話題になった時、その人の家がどこにあるかは思い出せても、その家の詳しい事情までわかるとは限らなかった。新婦は彭桂花《ポンクイホワ》と言い、客家村の人であれば誰でも、十八彎道《シパワンタオ》の奥の彭家にそういう娘がいることは知っていた。彭家は十数年前によそから移って来て、山に住むようになってからずっとこもりきりで、家族が町に出かけることもめったになく、近所付き合いもほとんどなかった。彼らは娘を厳しくしつけ、よそ者が近づくとすぐに彼女をその場から遠ざけた。そのため客家村の者でさえ桂花の容貌や気性を知らず、ましてよその村の人となればなおさらだった。今回の見合いでようやくその実体が明らかになり、山奥の彭家に実は宝がひとつ隠されていたとわかったのだった。

「かわいい娘を悪い奴にかどわかされたりしたら大変だったが、まさか王先生のような老ぼれ牛が若草を食むことになるなんて」

この名言はこうしてあっという間に広まり、子どもたちの口からも、まるでことわざをそらんじるかのように、すらすらと出て来るのだった。仁愛新村《レンアイシンツン》じゅうが喜びに沸き、どの家のおじさん、おばさんも自分のところが嫁をもらうかのような騒ぎだった。最も喜んだのはむろん王おじさんで、今日は誰かの洋服を試したかと思えば、翌日は台所用品を調達するといった具合。当時は誰もがみな貧しかったが、お互いが身内のように仲良く、友達同士でズボンを貸し借りしたりして助け合った。洋服は、藍《ラン》おじさんのはぶかぶかで、李《リ》おじさんのは丈が長すぎ、最後に父のを試したところ、袖を少しつめれば大丈夫だとわかった。台所の鍋、皿、碗、ひしゃくの類は、おばさんたちにお願いして新品を分けてもらい、少し祝いごとらしくした。わたしの母は、わざわざ町から濃いピンクのベッドカバーを買って来て、王おじさんに代わって新居の寝室を飾りつけた。彭家と王おじさんは相談の上、嫁入り道具と結納金を相殺し、新居は新郎側がしつらえ、新婦側は新しいベッドを準備することになった。婚礼の三日前に、新しいベッドと新婦の大きな衣装箱が二つ届いた。

新しいベッドというのは、普通に町で買えるスプリング・ベッドだろうと思っていた。それならベッドの枠とスプリング・マットレスを村に送り届ければ済む。その日、朝食後間もなく、新しいベッドが仁愛新村にやってきた時、村じゅうのおばさんや子どもたちが見物に来た。新婦の父親と長兄が、ベッドの枠と敷板を一つに縛ったものを頭の上に載せ、次兄が天秤棒で衣装箱を二個担ぎ、村の入り口で黙ったまま様子をうかがっていた。彼らはわらじを履き、裸の上半身が汗でてらてらと光り、顔や上半身からしたたり落ちた汗が、地面に三つの大きなしみをつくっていた。藍おばさんの家はちょうど村の入り口にあり、上の娘の安宜《アンイ》と中庭で洗い物を干していたが、彼ら三人の姿を見ると、二人はすぐに大声で「山の彭さんがやって来たよ」と叫んだ。藍おばさんが彼らの所に挨拶しに行っているうちに、安宜はみなに知らせてまわった。五分もしないうちに、村じゅうの年寄りや女子供が外に出て来た。

　新しいベッドが王おじさんの家の寝室まで担がれて来て、組み立てられ始めると、戸口も窓も見物の人でぎっしり埋まったが、彭家の三人の大男たちはずっと無表情のままだった。おばさんたちはやかましくあれこれ尋ねたが、答えるのはみな彭家の父親だった。彭家が十八彎道《シパワンタオ》に引っ越して来た時、桂花《クイホワ》はまだ五歳だったが、父親は娘のために新しいベッド用の材木を揃え始めた。ほぞ穴のひとつひとつ、敷板の一枚一枚、枠の柱の一本一本、すべて彼が自分の手で削って作ったものである。彼はもともとたたきあげの大工だったが、十二年前に山に引っ越してからは畑仕事をするようになり、ただ衣食に不自由しなければそれで満足だった。それまでの大工の腕は、ただ一つのささやかな願望――桂花によい嫁ぎ先を見つけること――に凝縮された。つまり新しいベッドを作ることが、この願望を実現するための具体的な行動なのだ。そして今、とうとう娘婿の寝室の中に新しいベッドを据えつけ、願望は何とか実現したというわけである。

　当時わたしは、仁愛新村の王おじさんの寝室で、彭おじさんが娘の新しいベッドを据えつけるのを、実際にこの目で見たが、別にこれといった実感もわかなかった。それより他の子供たちとはしゃぎまわり、桂花の衣装箱から出て来る宝物の方に目を奪われた。衣装箱のひとつは人形だらけで、どれも色とりどりの服を着せられていたが、それらはすべてハギレを縫い合わせてつくったものであることが一目でわかった。わたしはその時それらをとても美しいと思い、自分が着られたらいいのにと思ったほどだ。わたしが持っていた市販の西洋人形はいっぺんに見劣りがしてしまった。桂花の人形は、その出来の良さもわたしをうらやましがらせたが、何と言ってもその数の多さは比類がなかった。またたく間に、王おじさんの寝室のいたるところに土製、布製、木製、竹製の人形が置かれ、机から床、最後には窓辺までいっぱいになった。わたしは後に、どの人形にも蘭ちゃん、菊ちゃん、ツツジちゃん、梅ちゃんといった名前が付けられ、桂花のいい遊び友だちになっているのを知った。彼女は毎日人形に言葉を教えて楽しんでいた。例えばちりれんげを持って、蘭ちゃんに「これはちりれんげ」と繰り返し教えると、今度はスリッパを持って、梅ちゃんに「これはスリッパ」と教えるのだった。

仁愛新村の女の子たちはすぐに影響されてしまい、みんな桂花のまねをして、自分の人形に言葉を教え始めた。しかし何年経っても、人形の言葉がわかるのは結局桂花一人だけだった。彼女と人形の間には言葉を超えた深いつながりがあったのだ。

披露宴の日は果たして全村の結束力が再び試されることになり、おじさん、おばさんたちは目が回るほど忙しかった。宴席は父の学校の講堂に設けられ、テーブルは二十卓、町の要人はそろって出席した。町長、警察分署長、郷長、里長、さらには調理係として二人の用務員のおじさんも含まれていた。わたしの両親が披露宴の新郎側の代表になったが、父は喜びのあまり、国語普及運動（一九四六年以降本格的に実施された国語＝北京語普及運動は、徐々に閩南語や客家語などの方言を排除する方向に進み、六五年からは学校の教師生徒の国語使用を義務づけた）のことを忘れ、五分間客家語で挨拶した。

「あすたから新婦は王夫人となりますが、夫人としての徳と容貌を兼ねすなえ、将来はきくとよく夫を助け子を教え、国の棟梁となる人材を育てることでしょう」

普段男の子みたいに跳んだりはねたりしていたわたしは、こういった正式な場では、がさつに見えないようお行儀よくしなければならなかった。新婦はちょうどわたしの真向かいに座っていたが、大きな目を見開いて周りをきょろきょろ見回し、まるで自分が主役だということが分かっていないかのようだった。わたしは彼女と友達になりたくて、目くばせをして注意を引こうとしたが、彼女からはまったく反応がなかった。新婦の母親は彼女の傍らに座り、彼女のために料理を取り分けたり、手を拭いてやったり、お茶を注いでやったり、あれやこれやで大忙しだった。王おじさんはあちこちお酌をしてまわったが、新婦の父親は新婦が恥ずかしがるからと言って、いっしょにお酌をさせず、自ら出て行って新郎のお供をした。村のおじさん連中は、わたしが聞いてもよく分からない笑い話ばかりしてかまってくれなかった。わたしは退屈でたまらず、他のテーブルにいる子供のところに遊びに行きたかったが、母にしかられるのではと心配だった。

「もうお腹いっぱい。眠くなっちゃった」突然新婦が口を開いた。

「みんなが食べ終わってからにしなさい」新婦の母親が彼女をなだめた。

「わたし眠い、王さんに一緒に寝てほしいの」新婦はそう言って聞かなかった。

客はみな一瞬ぽかんとし、それから思わずにっこり微笑んだ。新婦の母親は顔を真っ赤にして、口をきくことができない。

「そうね、そうよね、新婦が早く子宝に恵まれますように」母が笑いながら言うと、「新婦のお母さんもじきにおばあちゃんだね」みんなもすぐに調子を合わせた。

新婦はふくれっ面をして、ちりれんげで目の前の大きなお碗をたたき始めた。

「これで王さん、わたしと一緒に寝たくなるかな」と言いながらチンチンと音を立てた。新婦の母親はどうしてよいやら分からず、彼女からちりれんげをさっと奪い取ると、急いで言った。

「桂花《クイホワ》はいい子だね、王さんがすぐにお相手に来てくれるからね」

母も気が気ではなく、「新婦のまぶたがもうくっつきそうだわ。かわいそうに、一日じゅう引っぱりまわされて、疲れちゃったのね」こう言うとすぐにわたしの方を振り返って言った。

「珊珊《シャンシャン》、季《チ》おじさんのところに行って、すぐに新婦を新居に連れて行くからと言うのよ」

季おじさんは学校の輪タク係の用務員だ。わたしは役目を与えられることが大好きで、じっと坐っているのにも飽きたところだったので、すぐにおじさんのところに飛んで行った。どんな婚礼でも、こっちでしょう油をひっくり返し、あっちで鍋の蓋を割るといったトラブルが続出するものだが、危機に直面しても慌てず騒がずうまく乗り切る方法を、母はとっくに心得ていた。こうして披露宴は混乱のうちに終わり、新婦は輪タクに乗る時もまだ「王さん一緒に寝てちょうだい」と大声で叫んでいたが、乗ったとたん眠ってしまったそうだ。

結婚後の二週間は、王おじさんは片時も桂花《クイホワ》の傍から離れなかった。たまに桂花が大声で叫ぶのが聞こえても、近所の人は誰もおせっかいを焼かず、王おじさんに任せ切りにしたが、それでかえってうまくいった。結婚休暇が終わると、王おじさんは授業をしに学校に行かなければならなかったが、そこで思わぬ事が起こった。彼が出かけた途端、桂花は家を一軒一軒まわって彼を探し始めたのだ。彼女はわが家に駆け込んでくると、母の寝室に飛び込み、シーツをめくってベッドの下に向かって大声で叫んだ。

「王さん、出て来い」

彼女はタンスを開けたり、箱をひっくり返したりして必死に探しまわった。

「王さん、どこにいるの？」

母の服や身の回りのものがそこらじゅうに散らばった。天井の穴を見つけると、イスを持って来てその上に立ち、ほうきの柄を突っ込みながら穴に向かって叫んだ。

「王さん、いっしょに遊んでよ」

母は泣くに泣けず笑うに笑えず、何とかなだめようとしたが、桂花はまったく聞く耳をもたなかった。母はとっさにひらめくものがあり、客間の蓄音機の音量をいっぱいにして、『帝女花』（広東の地方劇である粤劇（えつげき）の人気演目の一つ。明朝最後の皇帝の公主長平を主人公にした悲恋物語で、一九五九年には映画化もされた）のレコードをかけた。その物悲しい音色がついに桂花の注意を引き、彼女はしばらく王さんを探すことも忘れ、髪の毛を振り乱したまま客間の床に座りこみ、大きな目でターン・テーブルをじっと見つめ、蓄音機の正体を一生懸命探ろうとしていた。母は何とかひと息つくことができ、そのまま二時間ほどはおとなしかった。母は家事をしながら、桂花の様子を見ていたが、昼近くになってもまだ蓄音機の前に座りこんだまま、そこから離れようとしなかった。

昼食の用意をする時分になると、桂花は無言で立ち上がり、その長い黒髪をさっと一振りすると、顔を上げてわが家から出て行ったが、その様子はまるで女帝の「巡察からのご帰還」のようだった。母は心配して、彼女の後を追って王おじさんの家まで行った。桂花は台所に入るとすぐに食事の支度を始めた。その動きは実にてきぱきとして、使い終わった容器や調味料はすべてきちんと元の場所に戻し、ほどなくして料理が出来上がったが、台所は見事に片づいていた。これを見た母はびっくり仰天した。というのは、母が料理をした後の台所はまるで「台風一過」のありさまで、料理を作るより後片付けに時間がかかるからだ。桂花はどんな料理でも上手に作り、調味料のさじ加減をけっして誤らないということが、後に仁愛新村《レンアイシンツン》じゅうの人の知るところとなり、村は一時この話題で持ち切りだった。

それ以後、毎日同じようなことが繰り返された。明け方夜が白み始めると、桂花《クイホワ》は必ずおもての水道の傍にしゃがみ込み洗濯をした。村人が時間を確かめると、きっかり六時で、一秒の狂いもない。八時に王おじさんは彼女と市場で食材を買って帰って来る。彼が仕事に出かけると、桂花はあちこち尋ねて回り、誰の家でもおかまいなしに入って行き、ベッドの上や下、戸棚の中や外を、「王さん」がいないか探すのである。二時間以上うろうろした挙句、彼女は必ずわが家にやって来たが、母は彼女に気づくとすぐにレコードをかけた。桂花はいつも蓄音機の前に座り込むと、じっとレコードを見つめ、何度聞いても飽きないようだった。ある時、『帝女花』を聞き飽きた母は、周璇《チョウシュワン》（三十年代から四十年代にかけて上海を中心に活躍し、一世を風靡した歌手であり女優。その美声は「ゴールデン・ヴォイス」と評された）の『鍾山春』（周璇主演の映画『悩人春色』（一九四一年）の挿入歌）をかけた。母が言うには、桂花は三分ほどじっと聞いていたかと思うと、突然感電したかのように床から跳ね起き、両手で蓄音機を抱きしめると、前後に激しく揺すぶり、「ねえ、ねえ、もう泣かないで、もう泣かないで」と叫んだそうだ。

その日の晩、母は父とわたしに、桂花をどうにか落ち着かせたあともまだ胸がどきどきしていたと話した。その時、桂花は母の言うことをまったく聞かず、蓄音機をひたすら揺らし続けた。一時間以上が経って、母も精根尽き果ててしまい、ちょうど諦めかけた時、突然桂花が何秒間かじっと動かなくなったと思うと、ドスンと蓄音機を投げ出し、グイと顔を上げて出て行った。母は何が何やらわけがわからなかったが、時計を見上げて納得した。桂花は、昼食の時間が近づいたので、食事の支度をしに家に帰ったのであった。『鍾山春』のレコードも、蓄音機も、使いものにならなくなったのは言うまでもない。夕食後、母は父に新しい蓄音機を買ってくれるよう頼んだ。

「もし桂花に『帝女花』を聞かせなかったら、あの子が家に出入りするたび、『王さん』探しで家じゅうのものをひっかきまわし、散らかったものを片付けるだけでも一日じゃ足りないわ」

村の人達は、桂花のこの行動をあまり気にする風もなく、また彼女の気性にうまく合わせることを覚えることによって、混乱を最小限にとどめた。あるいは、彼女と付き合うコツはできるだけ彼女のペースを乱さないことだと、みなよく心得ていたと言うべきかもしれない。後にわたしは、故郷を離れ大学で学ぶようになり、流行りの言い方を学んだ。つまり、桂花には独自の「体内時計」があり、外部とは全く没交渉だということである。外部からの邪魔さえなければ、彼女は自分の世界で思うがままの生活ができるというわけだ。

村のおじさん、おばさんたちに言わせると、仁愛新村の開村以来最大の試練は、桂花のお腹が目立ち始めた時だった。妊娠に気がついた王おじさんは驚き、また喜んで、わたしの両親と毎晩あれこれ相談した。毎日夕方王おじさんが帰宅すると、桂花は彼の外出を許さなかったので、いつも両親の方が彼を訪ねて行った。何日か話し合った末、王おじさんは桂花の両親に来てもらうことにした。

桂花の両親は王おじさんの家の客間に座り、どうしてよいやらわからない様子だった。彼らは娘と娘婿のために山のようなお土産を持って来ており、桂花に一つ一つ見せてやった。両親が単に客として来ているのだと知ってか知らずか、桂花はうれしそうにあれこれ触っては、母親の後について「干し竹の子」、「竹筒ご飯」、「青菜漬」と繰り返した。赤ん坊用の真っ白な産着が何枚かあるのを見て、彼女はちょっと戸惑ったように頭を振りながら言った。

「白いのは嫌い。柄入りのがいい」

彼女は母親を連れて自分の部屋に入っていくと、赤ん坊の服をいくつかの人形に当ててみて、色も大きさも合わないので、怒ってそれを地面に投げ捨てた。母親はすぐに拾い上げて、赤ん坊の服を桂花のお腹にあてた。

「柄入りのは古い赤ちゃんに、白いのは新しい赤ちゃんにあげようね。桂花のお腹の中には新しい赤ちゃんがいて、桂花はもうすぐ赤ちゃんを生むんだよ」

「わたし赤ちゃんを生みたい」桂花は自分のお腹をすこし触って言った。

桂花が一体どれだけ分かっていたかは、誰にも分からない。母親はそのまま残り彼女に付き添うことに決めた。それ以後母親は、週二日は決まって山に家事をしに帰ったが、残りの時間はずっと桂花に付きっきりだった。

お産の時、桂花の陣痛は二日二晩続き、その泣き叫ぶ声が村じゅうを不安に陥れた。近所の人が様子を見に来るたびに、母親は、桂花が小さい頃から病気らしい病気をしたことがなく、これは彼女が生まれて初めて味わう痛みなのだと、申しわけなさそうに言った。

村の若い娘たちは驚きのあまり、桂花が死ぬかもしれないと思った。桂花に女の子が生まれたのは、七月末のある日の午前二時だった。わたしはその晩、自分の部屋で寝るのが嫌で、両親の間に挟まって、目を大きく見開き、窓の外の澄みきった夜空に星が瞬くのを見ていた。赤ん坊の産声が聞こえてきた時、父はすでに眠っており、雷のようないびきをかいていた。桂花の泣き叫ぶ声が突然止んだ。わたしはたまらず、「桂花は死んだの」と母に聞いた。母は眠そうな声で、「いや、あの子は丈夫だから、死ぬはずないよ」と言うと、寝返りを打って寝てしまった。

桂花のお産からひと月経つと、母親は赤ん坊を山に連れ帰って育てることにした。聞くところによると、産婆が赤ん坊を桂花に抱かせたところ、彼女は赤ん坊を地面に投げ捨てようとしたそうだ。その後、王おじさんはみなの意見を聞き入れて、桂花に不妊手術をさせた。

産後の桂花は、体つきが一層たくましくなり、以前と同じように、毎日他人の家に勝手に入りこんでは、王さんを探しまわっていた。彼女は自分の娘を覚えているだろうか？　あれから三十年以上になるが、わたしはいまだにその答えを知らない。

彭小妍（ポン・シアオイエン）

一九五二年、台湾雲林生まれ、本籍は広東省紫金。両親は共に客家で、一九四九年に台湾に移住。一九七四年政治大学西洋語文学系を卒業後、国立台湾大学大学院に進み、一九七八年に外国語文修士を取得、同大学外国語文学系の助手となる。その後、講師在職中の一九八九年にハーバード大学の比較文学博士を取得。帰国後は、同大学副教授を経て、一九九〇年に総統府直属のアカデミーである中央研究院に移り、現職は中国文哲所研究員。主な研究分野は中国、台湾の現代文学。研究者としての業績はここでは触れないが、二〇〇一年十二月に彼女が主編を務めた『楊逵全集』（全十四巻）が出版され話題となった。

彼女の小説には二つのシリーズがあり、そのうちの一つは「順娘」シリーズで、『中国時報』「人間副刊」に断続的に掲載されたものが、最終的に一冊の本にまとめられ、『断掌順娘』（麦田出版、一九九四）として出版された。「順娘」を主人公とするこの作品は全五章から成り、一九八四年にまず第二章が、最後の第五章が発表されたのが一九九四年で、その意味からすれば十年がかりで完成した作品ということになるが、実際には短篇集の色彩が濃い。「断掌」（感情線と頭脳線がひとつになった手相で、旧時この手相の女性と結婚した男性は早死にするとされた）として生まれた主人公が、日本の統治時代から国民党政府の時代にかけて、生まれ持った宿命と時代の流れに翻弄されながらも強く生き抜く姿を、次世代の女性である息子の嫁たちとの関係をからめて描き出したもので、台湾の大家族を舞台にした女性たちの物語である。また、舞台となった台北のある小さな村を中心に、当時の人々の生活や風俗、習慣が細やかなタッチで描かれており、女性の目から見た台湾史としても注目され、後にテレビドラマ化された。そしてその後に続くのが「純真時代」シリーズで、珊珊という少女の目を通して見た、一九六〇年代の仁愛新村という外省人村の物語である。この村の住人は、珊珊の父親が勤める中学校の教職員とその家族で、ほとんどが国民党政府に従って大陸から来た移住者であった。そこでは実に様々なお国言葉が話され、生活習慣やしきたりも多少異なってはいたものの、人々は苦しい生活の中でお互いに助け合って生きていた。その彼らにとって恋愛や結婚は大問題であり、それらをめぐって起こる様々なできごとを、成長して大人になった珊珊が過去を振り返るという形式で書かれている。ここに訳出したのは、そのうちの「披露宴」篇（一九九七年八月一四、一五日の『聯合報』副刊に掲載）で、「ピアノ」、「孫先生の名簿」、「客家の娘」に続くシリーズ四作目の作品である。中年の王教官が客家村の若く美しい娘を娶ることになり、村の人たちは不審に思いながらも二人の結婚を祝福したが、実は新婦には秘密があった。新旧の文化が混在する時代を背景にして、外省人村という特殊な環境に暮らす人々と客家村から来た花嫁がもたらす騒動を、時にユーモアを交えた語り口で描き出したものである。ここでも主役は女性で、厳しい時代と環境の中に生きる彼女たちにそそがれる作者の眼は、「順娘」シリーズと同様に温かい。作者によれば、二〇〇二年に残り二篇を発表したあと、『純真時代』として出版予定とのこと。なお翻訳にあたっては、『八六年短編小説選』（焦桐編、爾雅出版社、一九九八）所収のものをテキストとした。

燈籠花

呉錦発▼渡辺浩平　訳

1

空の表情が暗くなった。低く濃い何層にもなった雲が灰色の山並みをおおっている。ひと雨来そうだ。谷あいから一陣の風が吹いてきた。

野辺送りに来た人々は皆とうに帰ってしまった。私は母さんの墓前にしゃがみこんだ。紙銭（死者を弔うためのもので、お金の形に造られている紙片）の燃えかすが風で舞い上がり、また何枚かが私の顔にあたり、また何枚かは母さんといっしょじゃないと嫌だとダダをこねる子供のように、泣きながら追いすがり、遠くタイワンアカシアの林の中へと消えていった。

私は新しい墓に供えられた折り鶴が風を受けてゆれているのを見つめるうち、母さんが墓から抜け出して来て、折り鶴の上に座り、私に向かってにこやかにほほえみかけるのが見えたような気がした。私は思わず身ぶるいした。震えがおさまり、我にかえって周囲を見まわすと、やはり荒涼とした草原がひろがっているだけだ。カルカヤの花が風にゆられて、波のように上下していた。

このような荒涼とした場所で眠りにつかねばならないなんて、母さんはたいそう淋しい気持ちであろう。あれこれ考えるうちに、こうしようと決めた次兄《にい》さんに憎しみが沸いてきた。このあたりの風水が良いという人の話を信じこみ、無理やりこんなところに墓を建ててしまったのだ。もともと私は母さんを父さんの隣に埋葬するよう望んでいた。一生変わらぬ愛情を懐きながら、人生の旅路を一緒に歩き終えることができなかった両親に対して、子供ならば、そのように考えることは至極当然であろう。

このようなことを考えているうち、母の生前の孤独な姿が頭に浮かんできた。母は日本の北海道の出身で、日本に滞在中の父に恋をした。当時は、日本人が台湾人に対して根強い差別意識をもっていた頃だ。二人の恋愛は母方の祖父の強い反対にあった。しかし、母の父に対する愛情は揺るぎ無いもので、父と一緒に駆け落ちをして台湾に来たのである。台湾に来てはみたものの、父方の祖父母も二人の仲を許してはくれなかった。ついには、悲嘆のうちに本家を離れてこの地にやって来て荒地を開墾したのである。このようにして四十数年が経ち、母は日本に帰って両親の死を看取ることもできなかった。これらのことは、私たちが大きくなってから母の口から聞いた話だ。母が父を終生の伴侶として選んだことを後悔していたのかどうかわからない。しかし、最後の何年か、私は母の嘆息をしばしば耳にした。それは父の早世のためであろうか、それともずっと帰れない実家を思ってのことか、あるいは両者ともにあってのことであろうか。母の臨終を看取れなかったことにより、私は自分自身を深く責めた。三人兄弟のうち、母は私を最もかわいがってくれた。私が父に一番似ているというのだ。顔かたちも、声も、話をするときの表情や身振りまで似ているというのである。しかし、母の愛を最も受けた私が、母の臨終の際、ただ自分の仕事のために、はるか台北の地でせわしなく駆けずり回っていたのである。

母が危篤だという知らせを受け、その夜すぐに南へと向かった。汽車から見えるのは広々として果てしない漆黒の夜の闇だった。心の中は取り除くことのできない恐ろしさと不安で溢れていた。家に帰ると果たして「祖堂」の扉は開いており（祖堂は祖先をまつる廟。家族に不幸があった際は開けておくのが習い）、義姉《ねえ》さんの悲痛な泣き声が聞こえてきた。私は呆然と門口に立ちすくんだ。張りつめていた気持ちが急にゆるんだ。なぜだかわからないが、すぐに母さんの死に顔を見たいとは思わなかった。あるいは、無意識のうちにこの事実を認めたくないと思っていたのかもしれない。

「母さん、病気が重くなっても、泣きながらお前の名前を呼んでいたよ」

長兄《にい》さんががっくりした様子で、顔を両手で覆い膝に埋めた。

「お前に一目会わないと、死んでも死にきれないって、だからまだ眼を開けたままなんだ」

私はすすり泣きながら、母の青白い頬を撫で、手でそっと母の瞼に触れ、その眼を閉じようとした。しかし、うつろな母の眼は相変わらず私をにらみつけていた。私はゾッとして呻り声をあげ、後ろに転んで尻餅をつきそうになった。おそるおそる再び試みたところ、ようやく母はしぶしぶ瞼を閉じた。それ以降の何日かは、弔いや入棺、おかんの蓋封じ、出棺とさまざまな儀式にとりまぎれていたが、何かの拍子に母のあのぼんやりとした眼差しが、私の心を占拠した。私はますます葬儀を象徴する一切のものを見るのが嫌になった。「幡旗《ファンチ》（棺おけのまわりに立てる魂を呼び戻す旗）」や棺桶そのものを恐れているのではなく、それらのものが、母が死んでも死にきれなかった事実を思い起こさせ、自分自身では抜け出せない悲哀と悔恨のなかに自分を陥れるのである。母はずっと孤独であった。臨終のその刹那も、依然として孤独が母を苦しめていた。母が埋葬されてからも、このことがずっと心にまとわりついていたのだ。

2

最後に母に会ったのは二ヵ月前のことだったと思う。

突然、人づてに故郷に一度帰ってきてほしいと云ってきた。いぶかる気持ちを胸にして家へ戻った。母に会い驚愕した。乱れた髪、枯れ木のように痩せた四肢、深く落ち窪んだ頰、顔は皮を張った頭蓋骨のようだった。青白い唇は乾いて裂け、真一文字に閉じられていた。もともと小さな体が、大きな木のベッドの上で一層子どものように小さく見えた。姿かたちが、ちょっと目には変わりすぎていて、母だとわからなかった。

母はか細い声で私を枕もとに呼びよせ、微笑みながら、痩せこけた手で私の髪の毛を撫でた。何度も床から身を起こそうとした。私は慌てて背中に手をあて助け起こした。母は私の手を強く握り、じっと私を見つめた。あきらかに全力を振り絞っている様子であったが、私の手を握る力は、なんともか弱いものとしか感じられなかった。

「いつから髭をはやしてるんだい」

母は小さな声で尋ねた。私は即座にどのように答えていいかわからず、ただ微笑んだ。

「若いのに髭を生やして、ずいぶん老けて見えるよ」

私は恥ずかしくて顔を赤らめうつむいて母の手を握った。

「でも、そうするとますますお父さんにそっくりね」

そう云いながら、母は何を思い起こしたのか、微かに笑いを浮かべた。私が顔をあげて母を見ると、即座に笑うのをやめ、ぼんやりとした眼で私を見つめた。母にじっと見られ私は背筋がぞくぞくした。

私は母の方に身を寄せた。

「長兄《にい》さんに聞いたけど、果物畑のそばの用水路にころんで落ちたんだって」

母が痛めた腰をそっと撫でた。

「母さんはね……」

母は口を開こうとするのだが、すぐに何かを憚るように口を閉じた。振り返ると義姉《ねえ》さんが肉入りおかゆを持って、冷ややかに私の背後に立っていて、険しい目つきで母をにらんでいた。私に会えた喜びを満面にあらわしていた母の表情が、頭から水を浴びせられたようにたちまち凍りついた。義姉さんがパタパタという音をたてて立ち去った後、母はまた楽しげな表情に戻った。私はおかゆをひと匙ひと匙ふうふう吹いて冷まし、それから母の口の中に運んだ。おそらく本当におなかが空いていたのであろう、母の食欲はずいぶん旺盛なようだった。小さなお碗で二碗をぺろりと平らげた。私は心の中によからぬ考えが浮かんだ。母は食事をとっていないので、病気になったのではあるまいか。

「こっちに越して来なければと思っているんだ」

私は云った。

母は咀嚼《そしやく》する口の動きを止め、眼にこれまでとは様子の異なる感情が表れた。

「もどって来たら一緒に暮らそう。兄さんたちにかわりばんこで面倒を見させるようなことはよすから」

私が話し終わるや否や、母の目に涙が湧き出した。母の震える肩を眺めながら、母がどうして突然このように悲しむのかがわからなかった。

「長兄《にい》さんがよくしてくれないの?」

私は母の痩せた肩をそっとなでた。

母は軽く首を横に振った。母は涙がためらうように頰を伝いゆっくりと転がり落ちるにまかせた。私は手を母の掌に置いた。母の指が少し震えているのがわかった。

「なら、次兄さんは?」

母が私をことさらかわいがることに、次兄はずっと快からず思っていることを知っていた。

「変なこと考えなさんな、二人とも血を分けた自分の子供だよ。どうしてよくしてくれないことがあるものですか」

母は弱弱しく云った。だが、そう云うなり、大粒の涙を目頭からあふれさせた。

「普段食欲はあるの?」

この質問をした際、私は辛い思いで喉がつまるのを感じた。

母は窓の外を眺め、呆然として首をたてに振った。

「暖かくしてる?」

母は何も云わなかった。ただ続けて頷くだけだった。

「じゃ何を悩んでいるの」

私は軽く母の指をさすった。

「お前、早く引っ越してきておくれ」

母は突然横を向き、顔を私の胸に埋めて低く泣き始めた。今、私が抱いているのは世界で最も孤独な老人なのだ。

「明日どうしても立たねばならないのかい」

私の胸でひとしきり泣いた後、母は顔をあげて刺のある調子で問うてきた。

「うん」

「もう何日かいれないのかい」

「会社の仕事が忙しいんだよ、二日しか休みをとってないんだ」

たったいままで浮かべていた笑みが、たちまちのうちに凍りついた。

「それじゃ……、明日は少し遅く出発しておくれ」

母の眼には微かな光りがともっていた、祈るような気持ちが、目頭からほとばしりでていた。

私は慌てて母の手を何度も強く握った。

「明日、父さんの墓までついていってくれるかい」

彼女は枯れ木のように痩せ細った手を私の懐に入れなでた。

「しばらくお参りしてないんだよ」

母の声はだんだんか細くなった。

「いつも兄さん二人には連れて行ってくれって頼んでいるんだけど、毎度仕事が忙しいの一点張りで、腹が立つから一人で行ったら、用水路に落ちてしまったんだよ」

話しながら、きらきら光る涙がゆっくりと母の頰を伝わって、歯がないため落ち窪んだ口の中に流れていった。

「転んで死んでしまえばよかったんだ。そうすれば早く父さんに会えたのに」

何度も何度もしゃくりあげる母を見ながら、私は感情を抑えきれずに母を強く抱きしめた。

3

父の墓は山麓の竹林の傍に建てられていた。牛車が通れるくらいの細い道が一本蛇行して村へ通じている。母を伴い家を出たとき小雨が降っていて、土の路面は雨水を受けてぬかるんでいた。

私と母で一本のからかさをさした。病を患った母の体は痩せ細り、足の運びが重たげで、つい転びそうになる。たびたび立ち止っては私に寄りかかり一息いれていた。

「帰ろうか、日を改めようよ」

母はすぐに体をしゃんと伸ばして前に何歩か進むと、振り返ってしっかりとした厳しい口調で云い放った。

「帰りたいなら帰ればいい、道はわかっているから」

私は慌てて駆けより母の体を抱えた。

「まだまだ遠いんだから、一緒にゆくよ」また母をいたわるように、「母さん怒らないで、母さんの体を心配しただけなんだから……」と云いかけてすぐ口をつぐんだ。なぜなら、私の言葉が不吉な連想を呼び起こすかもしれないと思ったからだ。

母は私の顔を見て、しばらく黙っていたがようやく重い口を開いた。

「清仔《チンゲ》、今、父さんの墓に行かないと、もう機会がなくなってしまうかもしれないからね」

「そんなことないよ、母さん」

私はすぐに母の話を打ち消した。

「母さん、そんな風に考えてはダメだよ、行こうか」

私は母をしっかり支えて一歩一歩足を進めた。用水路まで来た時、風がかなり強くなってきたので傘を閉じた。川の堤は高く道は狭かった。堤の上から見ると、川面が不気味に光っていた。私はしゃがんで母をおぶり、はじめて母の体が尋常でないほどに軽いことに気づいた。悲しい気持ちが再び心に沸いてきた。

「清仔、昨日の夜こっちに越してくるって云ったけど、本当かい」

母は私の耳もとに口を近づけて云った。

「絶対帰ってくるよ」

私が云った。

「いつなの」

母は切羽詰った様子だった。

「むこうの仕事を辞めて、こっちで仕事が見つかれば帰ってくるよ」

「急には無理だわね。でもそう云われると、気になってしょうがないわ」

母はいささか不機嫌そうな様子で、顔をぴたりと私の背につけた。

私は心細い気持ちで歩を速め、急いで堤を抜けると母をおろした。風で乱れた母の髪を軽くなでつけた。

「もし戻ってきたら、長兄さんに話してふもとのあの土地の権利をお前に移し、家を建ててやるよ。それに川のほとりの田畑もお前にやるから耕しとくれ」

「いらないよ、畑仕事できないから」

「田畑のことはどうでもいいけど、家は一軒建てなくちゃ。将来、所帯を持っても雨露を凌げるし」

ゆっくりと歩きながら、小さな声で話をしていると、母は何度も私が故郷に戻ってからのことに話題を戻した。私には一軒の小じんまりしたきれいな家が必要であり、家の周りには草花を植えるのだそうだ。そして彼女が硬く信じて疑わないところによると、「こんなによい息子には、ぜひとも賢い嫁をもらわねば」ということになるのである。

父さんの墓につくころ小雨は止んでいた。墓はとても粗末なもので、ただ墓を示す石碑が建っているだけだった。長年手入れを怠ってきたので、墓碑の字はすでに風化し読めなくなり、墓の盛り土も一部が崩れていた。盛り土の裂け目から、たくさんの蔦のような植物が蔓を伸ばし、墓を強く抱きかかえるようにからみついていた。墓の前面には竹の葉が積もり、あるものはすでに腐敗し、常時鼻をつく腐敗臭を発していた。墓全体はまるで押しつぶされたカタツムリのようだった。

墓のまわりには、燈籠花《ハイビスカス》の木がびっしりと植えられていた。すでに花の咲くころで、眼を奪うほどの赤い色の花が枝に満ちていて、風が吹くとその垂れ下がった蕊《しべ》がゆらゆらとゆれ、尋常ならざるほどに美しく趣のあるたたずまいだ。

私と母は墓の盛り土に座ってしばらく眺め、それからしゃがんで墓の雑草を抜き、もってきた線香と紙銭を墓前で燃やした。母は紙銭を焼きながら、顔をあげぼんやり前方を眺めていた。

「きれいでしょ」

母はぽつりと独り言のように云った。

「何が?」

「あの燈籠花《ハイビスカス》」

「えっ？」

「おととし、祠《ほこら》の裏から切ってきて植えたのよ、大きくなるのが本当に早い」

「うん、でも安っぽい花だね、どこでも植えれば育つんだ」

私は他意もなく云った。

「安っぽいだって」

母は手の動きを止め、表情が険しくなった。

「なんの値うちもないじゃないか、田舎にはどこにでもあるし」

「どこにでもあればそんなふうに云うのかい」

いささかも口調をゆるめずに詰問した。

「……」

「どうして安っぽいなんて云うんだい」

母はわずかばかり悲しげに云う。

「お父さんが生前一番好きだった花なのに」

「いや、云いたかったのは、育てやすいってことだよ」

私は慌てて言い繕った。
「育てやすいってことは、生命力が強いということで、尊敬に値するよ」
私はしきりにうなずき同意し、いまさっきの失言を取り繕った。
「母さんもとっても好きな花だわ、あの鮮やかな赤い色を見ると、遠い故郷を思い出すの」
母はゆっくりとはるかな記憶の中に降りて行くようで、眼差しがうつろになっていった。
「父さんと北海道の故郷を離れた年、母さんは十八歳になったばかりで、雪が降りしきってい
た。母が中国式の燈籠をさげて見送りにきてくれて、何キロも歩いてようやく川辺についたの。
橇に乗って離れていく間、母さんは何度も何度も振り返った。はるかかなたに燈籠の光りが雪
の中でゆれているのが見えたわ」
「台湾に来てからも長いこと、あの燈籠とその光りに赤く照らされた母の顔を夢に見たわ、眼
が覚めると母さんはいつも悲しくて泣いていたの。でも時間がたつと、そんなことすっかり忘
れてしまっていた。それから父さんと一緒にここに来て荒地を開墾したんだけど、ここってそ
こらじゅうに野生の燈籠花《ハイビスカス》があるじゃない。あの鮮やかな赤い色を見て、思わずまたずっと遠
い昔のことを思い起こしたわ。そういうことがあって、母さんはこの花がとても好きになった
の。お父さんは母さんが好きだと知って、自分も好きだと云ってくれたのよ。家の周りにいっ

ぱい植えたの。父さんが本当に好きだったかどうかはわからなかったけれど、でも毎年花が咲くと、たくさん摘んで、家中に活けるのよ、まるで花やしき。父さんは喜んでいたから、きっと本当に好きだったんだと思う」

母は云い終わっても、じっと燈籠花を見つめていた。しばらくたって、私は母の肩に手をそっとおいた。少し冷たかった。

「僕も燈籠花が好きになったよ」

頭を母にぴったりと押しあて、そっとささやいた。

「いまさっき安っぽい花だ、なんの値うちもないと云ったじゃないの」

母はにこりとして私を見た。二人はしばらく見あって、急に心が通じあったように大笑いした。

帰り道、母は燈籠花をいっぱいに挿した笠をかぶった。まるでお嫁に来たばかりの新婦のようであった。私の背におぶさって、悲しげな歌をずっと歌っていた。私はその歌詞が少しもわからなかった。それは故郷の恋の歌だと母は云った。

4

父の墓から戻ると、母は疲れて寝込んでしまい、午後いっぱいベッドで休んだ。母の安らかな寝顔に接し、邪魔をすまいと思い、自転車に乗って村まで行き、ぐるりと一周してきた。家に戻るとすでに家々に灯りがともる時刻になっていた。自転車を止めていると台所から言い争う声が聞こえた。

「人でなし！」

義姉《ねえ》さんの甲高い罵声だった。

「もう一度云ってみろ、あんたのその腐った口を引き裂いてやるぞ」

次兄《にい》さんはいつ帰ってきたのであろう。どうして義姉さんと言い争っているのか。

「云ってやるわ、人でなし、人でなし、人でなし」

バシッ、乾いたビンタの音がした。

「黙れと云っているだろう、聞こえないのか」

長兄《にい》さんのすさまじい声は、おそらくは隣近所にまで聞こえたであろう。

「あんた、殴ったわね、このろくでなし、弟の味方して手前の女房コケにするなんて、それで男と云えるのかい、ゴロツキのろくでなし」

　続いてガチャンガチャンと碗や皿をたたきつける音がした。

「こいつ、ぶっ殺してやる。最近、人を殴っていないんで、ちょうど腕がムズムズしていたところだ」

　長兄さんが吼《ほ》えた。

　また続けざまにビンタの音がし、義姉さんが髪を振り乱して飛び出してきた。中庭には隣近所の見物人で人垣ができ、義姉さんはその中央に立ち、ものすごい形相で罵っていた。

「人でなし、あんたなんか死んでも誰にも弔ってもらえないさ、半年ごとに交代で面倒を見ると云っていたのに、なんであんたの弟はぐずぐず云ってるんだい、お母さんはアタシひとりのお母さんなわけかい?」

「バアさんもうすぐ病気で死ぬっていうのに、三人息子のどいつも面倒をみる気がないんだ。毎日朝晩の下の世話はアタシがやってるんじゃないか、でなきゃ、あの日本のババアが今まで生きてこれたかい」

　義姉さんが発する言葉はカミナリのように轟いた。私は頭が真っ白になり、あやうく卒倒しそうになった。しばらくして我に返り、心のなかでこのやりとりが母の耳に届いていないことを念じながら、大急ぎで母親の寝室に駆けつけた。寝室を開けると、母は枕もとにきちんと正座し、青ざめこわばった顔で絶えずしゃくりあげ、涙が糸の切れたビーズのように流れ落ちていた。

私は気が滅入ってとても家で夕食をとる気になれず、そそくさと台北に戻った。母がどうしても駅まで見送りに行くと云うのをことわり、姪に母さんを引きとどめさせた。家を出る前、私は母の手をしっかりと握りしめた。

「すぐにでも向こうを引き払ってくるから」

母は一言も発せず、あのうつろな目で私を見つめた。

細い道を歩いて駅に向かった。歩きながら振り返ると、山あいの平地の端にある古い家が見えた。遠くの暗闇の中で、その家の倒れるのが見えたようにふと感じられた。

折り鶴が倒れていた。一陣の風が墓に供えてあった折り鶴を吹き飛ばし、ちょうど墓碑の前にころがした。もろい羽は折れていた。その壊れた折り鶴を見、母が故郷に帰るという夢もついに叶えられなかったのだということを思い起こした。いつまでもつきることのない悲哀が私の心の中に沸き起こり、どうにも耐えられず墓につっぷして泣いた。

泣き疲れて、ようやくゆっくりと身を起こした。振り返ると、思いがけず、長兄さんもうなだれて私の背後に跪いていた。長兄さんは、顔をあげて黙って私をしばらく見ていた。

「さっきから、みんなで探したんだけど、お前がどうしても見つからないんで、お前の身になにか起こったんじゃないかと心配してたんだ。俺はきっとここにいると思ったよ」

長兄さんはうわごとのように云った。

「さあ帰ろう、暗くなったら、下りの山道は歩きにくい」

私は一言も発せず、長兄さんを見つめた。長兄さんは哀願に近い調子で云った。

「帰ろう」

「……」

私は顔をそむけた。

「母さんのことで、俺を許さないつもりか」

「言い訳はよしてくれ」

「どうしても話しておかねばならないことが……」

「やめてくれ、云っても無駄だよ」

私は長兄さんの言葉を奪うようにして云った。

「いやはっきり云っておかないと、お前が聞こうが聞くまいが」

「云うな」

私は大声で叫んだ。

「いや、話しておく」

長兄さんも大声でこたえた。

「バカ野郎」

私は長兄さんに激しく体当たりをくらわした。長兄さんはよろめき立ち上がろうとしたが、腰くだけになってちょうど母さんの墓の上にへたり込んだ。

私はさっと近寄り、再度飛びかかった。長兄は僕を身動きができないように強く抱きかかえ、二人は地面を転げまわった。力を使い果たし、呆然としばらく見あった後、互いに抱き合い子どものように泣いた。

「母さんが危篤だってことを、どうしてもっと早く教えてくれなかったんだ」

私はむせび泣きながら長兄さんを責めるように云った。

「いつもの病気だと思ったんだよ、何日か薬を飲めばよくなると」

「母さんは死ぬ前に何を云っていたんだ、次兄さんに聞いたけどどうしても教えてくれなかった」

「俺が云うなと云ったんだ」

「なぜ」

「……」

長兄さんの硬く閉じた唇が震えていた。

「なぜ」

私はたたみかけるように云った。

「どうしても知りたいのか」

「……」

私はしっかりと長兄を見つめて言葉を待った。

「母さんは実に無残な死に方をした。死ぬ間際に何度も血を吐いて、それから精神が錯乱し、父さんの名前を呼んだかと思うと、今度はお前の名前を呼び、突然笑い出したり、泣き出したりしたんだ」

話しながら長兄は嗚咽した。

「いまわの際に、ずっとぶつぶつと、燈籠、燈籠、燈籠が見えた、なんて云っていた。みんな何のことかわからず、妻がいまは節句じゃないから、家には燈籠なんてないと云うと、母さんは低くすすり泣きながら息を引き取った」

「俺は親不孝な息子だ、母さんが生きている間、まともに孝行しなかった」

長兄さんは咽び泣いた。

「みんなあいつが悪いんだ。あいつはバカだから、知らないうちにしょっちゅう母さんを傷つけて」

「長兄さん、義姉さんを責めてどうしようっていうんだい、僕たちも同じだろう、これまで母さんを少しでも喜ばせてあげたことがあったかい」

私は長兄を助けおこし、長兄の涙を手で拭き慰めながら云った。

「帰ろう、暗くなると山道は歩きにくい」

長兄を支え、山を下った。遠くに次兄さんの痩せた姿がタイワンアカシアの傍に見えた。

三人は黙々と歩いた。山道は歩きにくかった。私たちは互いに助けあい、一歩一歩と歩いて降りた。用水路の横を通った時、突然私は決心した。

「しばらく台北に帰らない」

彼らにそう告げた。

「えっ」

長兄さんはいぶかしげに私をチラッと見た。

「昨日父さんの墓を見たけど、雑草が伸びていた。何日か残って父さんの墓の掃除をするよ」

長兄も次兄もうつむいたまま何も云わなかった。三人は突然示しあわせたかのように足を止めた。遠くに母さんの墓が見えた。

私は空を仰ぎ見た。明日がすばらしい天気になることを祈った。父さんの墓から燈籠花《ハイビスカス》を何本か切り取って母さんの墓に植えよう。燈籠花は生命力の強い植物だ、二三年したら、母さんの墓で咲き誇っているだろう。そのときには、あの鮮やかな色を母さんは見ることができるのではあるまいか。

呉錦発（ウ・チンファ）

一九五四年生まれ。客家籍。高雄美濃出身。中興大学法商学部で社会学を学ぶ。学生時代より散文を書きはじめ、『台湾時報』に小説を発表する。大学二年の夏、社会調査で訪れた山間部の村で、少数民族の暮らしに接したことが、後の作品に影響を与える。大学卒業後、映画界に進み、映画の仕事をする傍ら創作を続ける。一九八〇年に、初の小説集『放鷹』（東大図書公司）を出版する。八一年に映画の世界を離れ、八二年より『台湾時報』副刊の編集に携わる。同年、二冊目の作品集『静黙的河川』（蘭亭書店）を出版。八四年に発表した「叛国」で呉濁流文学賞を受賞。また、八四年からは『台湾時報』を離れて、高雄にある『民衆時報』副刊の編集長となる。八五年には第三作品集『燕鳴的街道』が敦理出版社より出版される。標題の作品は、「燕の鳴く小道」として『悲情の山地　台湾原住民小説選』（呉錦発編、下村作次郎監訳、田畑書店、一九九二、原著は八七年出版）に収められている。本書は呉錦発が編集した台湾のマイノリティー作家のアンソロジーである。八八年『春秋茶室』（聯合文学社出版）、九〇年には『秋菊』（台中晨星出版社）と話題作を発表し、八〇年代を代表する作家の一人となる。『春秋茶室』と『秋菊』は後に映画化される。九〇年に『抓狂政治』（前衛出版社）を世に問うてから、政治評論に軸足を移し、健筆をふるっている。現在は『台湾新聞報』の副総編集長。

今回、訳出した「燈籠花」は一九七八年、呉錦発が二十代前半に発表した初期の作品。

初出は『文藝月刊』。会話からは客家臭はうかがえないが、「働きものの女性」、逆の視点から見れば「家事の負担がすべて女性に来る」という点に客家の一家の片鱗が感じられる。訳者が「台湾における日本観」に関心があり、現在、作品のなかの「母」の故郷である北海道に住んでいるという極めて個人的興味により、この作品を選ばせていただいた。テキストは、『台湾作家全集・短編小説巻／戦後第三世代⑫呉錦発集』(前衛出版社、一九九二)を使用した。

伯母の墓碑銘

鍾鉄民▼澤井律之 訳

呂永政《リュヨンチョン》は、従兄の阿盛《アション》が三階建ての家を新築したとは聞いていたが、こんなに立派なものだとは思ってもみなかった。「大工に寝台なく、左官に風呂なし」幼い頃から阿盛をからかうときによく使った郷里のこの諺に、阿盛はついに打ち勝ったのか。

ここは、呂永政が十数年間暮らした家であり、周囲の風景も熟知していた。垣根の枝折戸の前まで来て、彼はタクシーを降りた。タクシーは、バスターミナルで雇ったのだが、運転手は当地の若者で、話好きで、口にはくちゃくちゃとのべつ檳榔《びんろう》を噛んでいる（台湾では昔から檳榔の実を嗜好品として噛む習慣がある）。彼は、従兄の阿盛の家のことには詳しいが、呂永政のことは知らなかった。確かに、この地を離れてかれこれ十三年にもなる。小さな村の辺鄙さと閉鎖性には何の変化もないが、住む人はすっかり変わっていた。

伯母の夫が亡くなってから、次男の阿吉《アチー》は家を出て、板橋《パンチアオ》（台北県坂橋市）に住み身をかためた。郷里の実家には、長男の阿盛《アション》一家が残って、母親の面倒をみながら家を守っていた。呂永政《リュヨンチョン》は、阿盛に対してあまり親しい感情を抱いていなかった。彼が伯母に引き取られたとき、阿盛はまるまる十歳も年上だった。阿盛は、十六、七歳に過ぎなかったが、体がごつく、すでに伯父とほぼ同じ体格で、伯父についてあちこちへ左官の仕事に行き、一人前の賃金を得ていた。また、阿盛は当時裏の楊《ヤン》家の参妹《ツアンメイ》といい仲になり、仕事から帰ると灯りの下で恋の歌を必死に覚え、阿吉《アチー》や彼のことをほとんど気にかけていなかった。だから、呂永政は彼とは一世代離れているような気持ちの隔たりを感じていたのである。次男の阿吉が郷里を離れた後、家族連れで帰郷することを何度も計画しながらついに実現できなかったのも、同じ心理作用によるものかもしれない。

呂永政は、田のあいだをぬう車道に沿ってタクシーが遠ざかって行くのを目で追いながら、胸中に込み上げる激しい哀しみをこらえていた。電話を受けたとき、彼はすでに一度泣いていた。従兄は、もう済んだことだから、急いで戻る必要はないと彼に告げた。けれども、負い目をあがないたいという思いからか、彼は自分を抑えることができなかった。人事課主任は、伯母の葬儀に忌引は申請できないと言った。しかし、彼はかまわず、授業の調整も教務課にまかせ、汽車に飛び乗った。出発前、妻の秀蓮《シウリエン》にだけは電話を入れ、伯母が亡くなったと告げた。

伯母は、呂永政にとっては母親同然であり、彼は伯母に対して強い負い目を感じていた。

　やや落ち着きを取りもどし振り向いたとき、阿盛とその妻が、家から迎えに出て来ていた。眼の前に現われた阿盛に、青春の生気はもはやなく、すっかり田舎の農民になりきっていた。哀愁に覆われた顔は、中年を過ぎた老いさえ感じさせた。長年離れていた長兄とにわかに顔を合わせ、変わることのないやさしい眼差しに接してみると、伯母の急逝で動揺する心に懐かしさが湧き起こって感極まり、ハンカチを取り出す間もなかった。

　ぼんやりとにじむ視界の中で、阿盛の表情はさらに暗くなったようだった。太い両手が呂永政の手をしっかりと握りしめ、二人は涙ぐんで向かい合った。そばにいた阿盛の妻は、とっくに大声を上げて泣き始めていた。

「お母さん、なんてひどいの、何も言わずに私たちを置いてゆくなんて……」阿盛の妻は、涙ながらに訴えた。「昨日はまだ元気で、豚や鶏に餌をやってくれていたのに……。お母さんたら……」

　阿盛は、呂永政の手を離した。呂永政は、阿盛の妻の肩を軽くたたいて、慰めようとしたが、不意に彼女は地面にうずくまり、さらに激しく泣き出した。呂永政は、彼女を助け起こそうとしてありったけの力を出し、やっとのことで立たせた。

「母は、苦しむこともなく、表情もとても安らかだったよ」阿盛《アション》は、諦めに満ちた顔で彼に言った。「昨晩は、連続ドラマの『天地良心』（一九八三年頃台湾で放送された）をいっしょに見ていた。ドラマの中の不良の顔が、おまえに似てると母が言ってたよ。それから、正月にはおまえたち一家を帰省させ、いっしょに年を越したいと言い始めてね。みなびっくりしたよ」

「伯母さんは、いつも一人で寝ていたんですか」呂永政《リュヨンチョン》が聞いた。

「末の阿娟《アチュアン》が家にいたときには、阿娟の乳母と寝ていた。阿娟が学校に上がってからは一人で寝ていた。もともと元気な人だったからね」阿盛が答えた。「普段、風邪をひいたときなどは、俺がいつも母に付き添ってたんだ。ところが今回は、思いもかけなかった」

「全く、寒いのは、お年寄りには毒だからね。これも運命なのでしょうか」呂永政が言った。

「妻が、毎晩湯を沸かして、母の湯たんぽをつくり、蒲団の中に入れてたんだ。湯たんぽは、朝になっても温かだったよ」

「阿吉《アチー》兄さんは、もう帰ってる」

「あいつは、一家揃ってだから、もうすぐだろう」

「納棺は、いつですか」

「夕方だ。母方に母より年配の人間はいない。母の実家の従兄《にい》さんは、我々ですればよいと言っている。従兄さんたちは、もっと遅くなるだろう」阿盛が言った。「さあ、中に入ろう」

家には、人がたくさん集まっていた。ほとんどが見覚えのある親族である。皆黙ってうなずき会釈している。しきたりに従えば、この場面では声を出して泣かなければならない。皆も、呂永政がどう悲しむのか見たがっているようだった。しかし、あいにくこのとき彼は心が落ち着き、涙も出なかった。

伯母は、客間の一隅に横たわっていた。下には、真新しい畳が一枚敷かれている。畳の両はしには床几が置かれ、それぞれ二本ずつ細い竹の支柱を結わえ、白い蚊帳が掛けられている。足下の低い腰掛けには石油ランプと古いアルミ鍋が置かれ、鍋では紙銭が燃されていた。空気中にはわら紙と亜麻布の匂いが充満し、忌中の家特有の臭気を発散していた。阿盛は、呂永政のために蚊帳をめくって、彼といっしょに蚊帳の前に跪いた。

伯母は、阿盛が言ったとおり、安らかな表情で眠っていた。瞼をそっと閉ざし、唇をきゅっと結び、口の隅をわずかに持ち上げ、十分に満足して思い残すことは少しもないという顔をしていた。鼻筋がすっと通り、きびしさを感じさせたが、顔全体は柔和で、邪《よこしま》な感じは微塵もなかった。これこそ、呂永政が望んでいた伯母のイメージであり、生前ついに目にすることのなかった表情であった。それが思いがけずも、今伯母の顔に現われていた。この表情は、まさに彼の脳裏にかすかに残る母の印象だと呂永政《リュヨンチョン》は思った。生きてゆく上でのあらゆる苦難や抑圧から解放された、この姿こそが、伯母本来のものではなかったか。

呂永政は、伯母のすっと通ったやや細い鼻筋を眺めていた。かつてどんなにこの伯母を恨んだことか。幾度となく伯母にこっぴどく叱りつけられるたびに、伯母の尖った鼻筋と鼻溝の汗をただ眺めていたものだった。視線を合わせることができなかった。彼女の目は、猛々しさと怒りを常に閃かせており、口を開けば人を罵った。そもそも、伯母はじっとしていられない人間で、また人が身体を遊ばせているのも見逃さなかった。彼と次男が無駄話をしたり遊んだりしているときには、伯母の影が見えただけで、思わず飛び上がり、何か用事をしているようなふりをしたり、地面を掃いてみたりしたが、それでも伯母は気に入らなかった。

「のんべんだらりとしてるんなら、さっさと出ていきなさい。目障りだよ」

この一言で、彼と阿吉《アチー》は逃げるようにしてこのつらい家を飛び出し、風呂の時間まで戻らなかった。もしも、伯母の言葉がなければ、家の外に出ることもできなかった。

それは、まことに不幸な日々であった。伯母を恨んではいけないことはよく承知していたが、夢の中で伯母の高く細い鼻筋が迫ってきただけでも、彼は汗びっしょりになって目がさめた。考えてみれば、それは憎悪の感情ではなく、潜在的な恐怖心だった。多難だった幼少年期に対する恐怖心だったのだ。

伯母は、今眼前にある姿のように、やさしくおだやかな人であったに違いない。これこそが母親の姿だ。彼は、どれほど伯母に母のごとく接してほしかったことか。ところが、今になるまで、このような伯母を見ることはできなかったのだ。呂永政は、また突然泣きそうになり、視界がぼやけた。

伯母の家にはじめて来たとき、伯母は確かに母のようにやさしかった。当時は、呂永政の父が事件に巻き込まれて逮捕され（いわゆる白色テロ。一九五〇年代初頭、国民党が共産主義を粛清するために多く人々を逮捕・処罰した）、母が気に病み自殺したばかりで、彼は温かな家庭と両親を突然失って呆然自失の状態だった。それで、伯父と伯母の家族が彼に対して特に寛容であったことや、伯母の憐れみの眼差しを十分に感じ取ることができず、ただよそよそしく扱われているように感じただけだった。彼の心が平静さを取りもどし、新しい環境にだんだん慣れ始めると、伯母は、冷たく短気になった。それが、現実の伯母であった。

もとの家での生活は、伯母の家での生活よりもずっとよかった。伯母の一家は、家族が多い。伯父は左官の職人で、常に外で働いていた。家には田畑がなく、耕している約六十アールの土地は、同じ村の劉《リウ》家から借りたものだった。長男の阿盛、次男の阿吉の他に、姉妹が二人、伯父の弟二人と妹がいた。伯父の父は早くに亡くなり、伯父の母である祖母が最年長のため家長であった。ただし、実際に家の切り盛りをしていたのは、伯母であった。

呂永政は、伯母の家に十数年住んだ。このあいだに伯父の妹が嫁ぎ、祖母が世を去り、伯父の二人の弟も結婚して独立し家を出た。このすべてを、伯父と伯母が取り仕切った。伯母の家は、借財を重ね三食にも事欠くありさまで、どうにかこうにか持ちこたえている状態だった。そうした中、彼は伯母の家において、当然のこと心理的にも経済的にもお荷物であった。とりわけ幼いころから病気がちで、従兄たちの壮健な身体にははるかに及ばず、伯母の精神的な負担を増大させた。あるとき、麻疹に罹って肺炎を併発したことがあった。彼の住む村には医者がおらず、伯父と伯母が交互に彼を背負って四キロ離れた町まで連れて行った。医者はいばっていて、車の迎えがなければ往診に来てもらえない。ところが、町には二台の車しかなく、運賃はびっくりするほど高いのである。彼は息も絶え絶えになり、伯母は焦りと疲れと怒りの色を見せた。彼は、伯母の痩せこけて骨張った肩におぶさりながら、伯母が毒づくのを聞いていた。

「どうして死なないんだろうね。いっそ死んだほうが清々するよ。生きても死んでも人に面倒ばかりかけて、あんたら親子は、どいつもこいつも出来そこないのごくつぶしだよ」

彼は、伯母にお金がないことを知っていた。伯父は、祖母を騙して収穫したばかりの大豆を半分こっそり売った。西洋医を馬鹿にし、漢方薬に代えたが、彼は意識のはっきりしないまま半月間眠り続け、回復したときには骨と皮だけになっていた。伯父はやさしくて、ときおり自分の子供たちに内緒でおやつ代に十銭くれた。しかし、伯母はいつも冷ややかであった。

当時、彼は伯母をたいへん恨んだ。いっそのこと死んでやろうとさえ思ったこともあった。家出するにも、行くあてがなく、夜になると寝返りをうつばかりで眠れぬ夜もあった。ひっそりとした夜、従姉が台所の裏の庭で家族の衣類を洗濯し、伯母が土間で豚の餌を切っている。洗濯板とまな板の単調に繰り返される音を聞いているうちに、ようやく眠りについたものだった。

彼は自分の家のことを思い、すでに彼のもとを去った父母のことを思ったが、それらはずいぶん昔の出来事のようだった。物心のついたころから、一家は学校の日本式宿舎に住んでいた。広く清潔な畳敷きの部屋を自由に歩きまわることができた。壊れた汚い農具があちこちにころがり、土のかびくさい匂いとすえた芋の匂いで充満した伯母の家とは、全然違っていた。彼の父は学校の教師で、父と父の友人たちはこざっぱりとした清潔な身なりで、毎日のように家に集まり、茶を飲みながら語りあい、本を読んで議論した。ときには小声でひそひそと、ときには感情を高ぶらせ大声になった。母はいつも笑みを浮かべ、彼らのためにお茶と食事を調えた。やがて、日本が戦争に負けた。呂永政《リュヨンチョン》はこのことについて何も覚えていないが、父と父の友人たちが大喜びで歓声をあげていた情景だけは絶対に忘れることができない。自分も大人になって彼らの歓びに加わりたいと思わせられるほど、彼らは興奮し感動していた。

次に母のことを思い出した。母は、伯母と全く異なるタイプだった。母も鼻が高かったが、伯母のように尖ってはいず、肌は白くてきめが細かく、顔の輪郭はなめらかでくっきりとしており、誰もが母の美しさを讃えた。伯母の姉妹は三人いたが、母だけが学校教育を受けた。母は末娘で、家族の愛情がすべて彼女に注がれたからである。父は、日本の内地に行き大学を出た。彼らの結婚は、多くの人に羨まれたものだった。確かに、両親にも甘い幸せな日々があった。

しかし、この甘い追憶に続くものは、悪夢のような破滅であった。ある日突然父が失踪し、いつも夜中に誰かが父を訪ねて来るようになった。母は、彼を連れて慌ただしく、楽しい日々を過ごした家を離れ、祖父が父に残した郷里の家に戻った。郷里の家は、村の郊外の田園地帯にあり、祖父が世を去った後は住む人がいなかった。母は、畑仕事を習い始め、近所の家の手伝いをした。この頃、伯母がしょっちゅうやって来ては母と深夜まで話し込み、伯父が単車で迎えに来て乗せて帰った。母は非常に悲しみ、臆病になっていた。風が吹いて戸が鳴るだけでも気を失いそうなくらいに驚くのが常だった。彼は逆に強くなり、必要とあらば勇を鼓して戸外に出て確かめ、母を安心させ、母子は抱き合って泣いた。その頃から、彼は伯母が嫌いになった。伯母がいつも彼の父を責め、身の程知らずで愚かで無知で、妻子や親戚までも巻き添えにすると罵り、母の気持ちまで逆撫でしたからだ。

「学問があったって何の役に立つんだい。学問しない人のほうがましじゃない。まともな暮らしもできず、今も逃げ回って人に顔も合わせられず、あんたをどこまで苦しめたら気がすむんだろ」

伯母が、母の前で父をけなすのを彼は一再ならず聞いた。母は、その度に首を横に振って泣いていた。

「弱気になっちゃだめよ、頑張って耐えるのよ。私に一杯の米があれば、必ず半分は分けてあげるから。夫もいい人だし、あんたら親子にひもじい思いはさせないよ」伯母は、いつもこう言って母を慰めた。「それに、呂《リュ》家にもあんたら親子が食べてゆくに十分な田畑だってあるのだから」

「あの人のことに決着がついたら、財産も没収されるらしいの。私たちには何も残らないわ」

あるとき、母が伯母にこう言うのを聞いた。伯母は驚き、それから怒りを爆発させて、きっぱりとした口調で母に言った。

「草むらの蛇は、餓死しないって言うじゃないか（客家の諺、適当な環境があれば、生きてゆけるということ）。私がいるかぎり、どんなにつらくたって乗り越えさせてみせるわ」

「もしものとき、気がかりなのはこの子なのよ」母は、彼のベッドのほうを顎で示しながら言った。「姉さん、この子を頼んだわよ」

「もしもなんてことありえないわ。亭主のしたことは亭主の責任でしょ。あんた、強くなるのよ、人に笑われないようにね」

　伯母に励まされたり慰められたりしながら、呂永政は母と一年あまり平穏に過ごした。彼らは、家鴨と豚を飼い、作物をそだて、ほかの農家と同じように芋飯を食べた。暮らし向きは、父がいたときとは比べものにならないけれども、父がどこかに身をひそめてくれてさえいたならば、希望はあると思っていた。ある日、父が突然帰ってきた。その夜、彼は驚いて目が覚めた。目を開けると、父と母がベッドの縁で抱き合って泣いていた。窓からわずかな光が射し、父の懐かしい姿がひと目でわかった。彼は、黙って横になったまま両親に気づかれないようにした。どんなにか跳び起きて、大声でお父さんと呼びたかったことか。しかし、母はたいへんな悲しみようで、父は母を抱いて耳元でこっそりささやいていた。二人が闇の中で強く抱擁する情景は、どれほど彼を感動させたことか。彼も静かに涙を流した。父の声は、低く魅力的で、母を慰め励まし、何度も母に許しを請うていた。彼は、聞いているうちにいつのまにか眠ってしまった。爆竹のような音に驚いて目が覚めると、外はすっかり明るく、父も母も家にいなかった。彼は寝室を飛び出し、渡り廊下を駆け抜けると、母が勝手口に積まれた薪に寄りかかって、絶望的な面もちで遠くのほうを眺めていた。母は、全身をわなわな振るわせていた。

「お父さんが追われている、追われているのよ」母は、細い震える声でつぶやいた。

「誰が追いかけてるの、誰が」彼には何も見えなかった。

「銃を持った人たちが、撃ったのよ、どうしよう」母は、すっかり気が動転してしまっているようだった。

「ぼくには、何も見えないよ」

「行きましょ、早く見にいきましょ」母は、彼の手を引っぱって、いきなり裏庭に向かって駆け出した。蓮霧《リエンウ》（フトモモ科の常緑小高木、洋梨のような形の赤い実をつけ、食される）畑を通り抜け、田の畦道にさしかかったところで、前方から四五人の男たちが芋畑のところで方向を転じ、こちらに向かって来た。母は、立ち止まると、絶句したまま前を見つめている。このとき、ようやく彼はいちばん前をつまずきながら歩いてくるのが父だとわかった。父の目は手ぬぐいで覆われ、両手は後ろ手に縛られ、衣服は引き裂かれ、全身泥だらけで、背を押されてよたよたと歩いていた。畦道が狭いため、二三歩ごとにつまずいて、頭から田の泥の中に落ちた。後ろの男が引っぱり上げ、怒りにまかせて殴ったり蹴ったりした。

「バカヤロウ、アナドルナヨ」彼らは、日本語で怒鳴った。

彼と母は、その様子に全身の血が煮えたぎった。母は突然飛び出し、父のほうに向かって長い畦道を駆け抜け、彼を引き寄せながら男たちに対して大声で言った。

「なんでぶつのよ、なんでなのよ」

後ろから男が出てきてあいだに割って入り、憎々しげに言った。

「バカヤロウ。どけ。もう一度言ってみろ、おまえも連れてゆくぞ」

その男は、母をどんどん後ろに突いてきた。彼は、母を支えようと思ったが、向こうの力が強すぎて、二人とも田の泥の中へもんどり打って倒れた。

母は泣き叫んだ。父は、男たちに引っ立てられて行った。村の犬が吼えたて、男たちの怒鳴り声が遠くまで聞こえた。

「バカヤロウ、どこの野良犬だ、打ち殺してしまうぞ」

それは、まさに悪夢だった。呂永政は、忘れたくとも忘れられなかった。彼を震えあがらせる事が、さらに待ちうけていた。父が連行された夜、母が自殺したのである。伯父と伯母が寝室の扉を押し開けてみると、母が地面に倒れ、一面に鮮血の広がっているのが彼の目に飛び込んできた。彼は、伯母の叫び声を聞いたあと、何もわからなくなった。

当時、父がどんな誤りを犯したのか、彼は知らなかった。伯母たちも彼に教えなかった。以後、二度と父に会うことはなかった。伯母の家が彼の新しい家となった。

これが、呂永政にとっていちばん思い出したくない悪夢である。今、伯母の死にふれ、再びその記憶が蘇り、全身が冷や汗でじっとり濡れるのを感じた。従兄の阿盛に腕をとって引っぱり起こされて、彼はやっとぼんやりと伯母を見つめている自分に気づいた。周囲の人々は、彼の顔中についた涙の痕と魂のぬけたような様子を見て、ようやく満足した。彼らは次々に進み出て、彼の肩をたたき手をとり、あれこれ近況を尋ね、心から彼を思いやってくれた。

大学を出たあと、彼は台湾中部のとある高校で教師となった。妻の秀蓮《シウリエン》も小学校の教師だった。夫婦ともに職業をもち、子供をもうけ、家を買った。これらは、生きてゆくための最低限の条件であった。しかし、この辺鄙な農村では、これっぽっちのことをも親類たちは羨んだ。伯母も彼のことをたいへん自慢にしていた。

仕事についたばかりの数年は、毎年正月に帰省し、団欒のうちに年を越した。伯母は、家の切り盛りを阿盛《アション》とその嫁にまかせ、楽隠居の身になってから、ずいぶん温和になったと呂永政《リュヨンチョン》は感じた。その後、子供の勉強が忙しくなり、年末年始は交通も混雑するので、十年以上ものあいだ家族を連れての帰省はしなくなっていた。昨年の春、伯母が団体旅行で台中《タイチョン》に来たとき、電話を掛けてきた。呂永政は、伯母を迎え一晩泊めた。彼の生活ぶりに、伯母はたいへん満足し、彼が出世したとうなずいていた。しかし、伯母が昔自分に向けたつらい仕打ちについては、呂永政はまだ釈然としなかった。

　小学生の頃から、呂永政は読書好きで、本さえあればいかなる苦しみも忘れることができた。学校の成績は、常に一番だった。しかし、伯母だけはそれを喜ばなかった。

「そんなに勉強して何の役に立つの。しっかり田を耕し、手に職をつければ、少なくとも人を傷つけることも自分を傷つけることもないのに」伯母は、いつも彼を嘲るようなことを言った。

　伯母は、彼に勉強させたくないと本気で思っているようだった。彼は、小学校を卒業し、一番の成績で町の中学校に受かった。村の小学校にとって、これは一大慶事で、校長と担任が祝いに訪れ、たくさんの贈り物を持って来た。伯父は、息子の阿吉《アチー》が中学に上がれないからといって機嫌を損ねたりはせず、会う人ごとに彼のことを褒めた。

「勉強して何の役に立つのよ。この子のお父さんをごらんよ。いくら才能があっても、挙句の果てはどうなったの」伯母は、自説をまげなかった。

当時、彼はたいへん伯母を憎んだ。もしも伯父がいなかったら、伯母はきっと彼に中等教育を受けさせなかっただろう。彼の一生は、伯母の手でふいになっていたかもしれない。伯母は嫉妬しているのだと彼は思っていた。自分の息子が中学に上がれないのに、人の子を上げてやるのである。その上学費も伯母の家には大きな負担になる。成績が良くなればなるほど伯母は不機嫌になった。不機嫌になるだけでなく、彼を見るときの表情が暗く沈み込みこんでいるようにも見えた。

「伯母さん、安心してよ。ぼくが使ったお金は、将来働いて必ず倍にして返すから」

伯父がまる一箇月働いてやっと得た給料を全額彼の入学金に充てたとき、彼は伯母にこう請けあった。伯母は、ただじろりと彼を睨んだ。あるときなどは、伯母は心配そうに伯父にこう言ったものだ。

「この子ったらだんだん父親に似てきたよ」

呂永政は、伯母がなぜあんなに父を憎むのか、ずっと疑問に思っていた。もともと伯母は、父のことを非常に可愛がっていたらしい。

「伯母さんの気持ちにあなたは報いたわね。伯母さんを失望させなかったんだから」伯父の妹の阿珍《アチエン》が、彼の手を取って言った。「あなたを自転車に乗せて中学受験に連れて行ったの、この私だってこと忘れないでよ」

「そうでした。お久しぶりです。いや伯母さんにもっと孝行しとけばよかった」彼は、声をつまらせて言った。

「伯母さんはとても満足してたわ。いつもあなたのことばかり言ってたわ。阿盛や阿吉のことよりもね」阿珍が言った。

昨年、伯母が台中へ来たとき、妻の秀蓮《シウリエン》が結婚記念のブレスレットを作り直してプレゼントした。伯母は、帰るときにたいそう喜んだ。

「しっかり仕事をして、お父さんより立派になるんだよ。余計なことには絶対に関わっちゃいけないよ、いいね。おまえたちの元気な暮らしぶりを見て、ほっとしたよ」伯母は、繰り返し彼を諭すように言った。

伯母は、真面目に生きた人だった。生きることを最も大切にした人だった。しかし、あの多難な日々の、伯母から受けた様々な仕打ちのために、彼は伯母を憎み、伯母の家庭を憎んだ。

中学を卒業すると、彼は高等学校を受験せず、迷わず師範学校を選んだ。師範学校は、学費が要らなかったからだ。数年間、小学校の教師をしながら、毎年検定試験を受け、やっとのことで高等学校の教師の資格を得た。大学で勉強できなかったのは残念だが、自分の選択に悔いはなく、伯母が貧しくて彼を大学にやれなかったことに対する恨みもなかった。一日でも早くこの煩わしい環境から脱出できるなら、いかなる代価も惜しくはなかった。

自分が子供を持つようになってから、伯母への恨みは次第に薄れていった。呂永政は、思い出すと恥ずかしくなった。人への気づかいも、度を超すといらいらとした態度となって現われるものである。伯母も実は自分の子である阿吉に対する以上に彼のことを気づかっていたのだ。阿吉は身体が丈夫だったので、仕事を与えられるときにはいつも彼より多かった。ただただ、伯母が生みの親でなく、伯母に母が持っていたやさしさや温かさを感じられなかったがために、数十年にわたって恨みをつのらせてきたにすぎない。呂永政は、伯母の気持ちがだんだんとわかるようになった。しかし、伯母には自分の気持ちを伝えなかった。新年や節句にたまにお小遣いや品物を送るだけで、帰省すらもしなかった。仕事が忙しいというのが、いつも自分を慰める口実だった。今、伯母が世を去り、すべて取り返しがつかなくなった。従兄の阿盛が、電話で訃報を伝えたとき、思わず泣いて言葉を失ったのもそのためだ。

彼に電話がかかってきた。受話器を受け取ると、電話の向こう側で妻の秀蓮の声がした。

「子供を李《リ》先生に預けたから、すぐに行きましょうか。伯母さまは、何のご病気だったの。こんなに急に亡くなるなんて」

「子供たちも休ませて、みな連れておいで。休みを三日とって、すぐに来てくれ。駅まで迎えに行くから」秀蓮は、彼の言葉に素直に応じた。

垣根の枝折戸に車が停まった。二番目の従兄の阿吉の胸を引き裂くような号泣と、二人の嫁の泣声が、しきたりどおり喪中の家の悲しみを盛り上げた。親族もいっしょに涙を流した。窓からのぞくと、地面に両膝をついていた阿吉が、泣きながら起き上がろうとしているところだった。受話器を置くと、呂永政も伯母の亡骸の前に戻り、再び声をあげて泣きながら跪いた。苦難は実を結んだのだ。伯母の表情が、こんなにも安らかなのだから。

大根女房

鍾鉄民▼澤井律之　訳

家を出ると言っていた妻が、本当に出て行ってしまった。

選挙本部であれこれ口実を設け、阿真《アチエン》の手からやっとのことで弁当二つをせしめ、彼は上機嫌で家路を急いだ。バイクを降りたとき、弁当はまだ温かった。ところが、玄関には鍵が掛けられ、窓も閉ざされていた。二三度呼んでみたが、妻の返事はない。急に不安を覚えて、裏庭の菜園と豚小屋をぐるっと一回りしてみた。前庭に戻ると、クリークを隔てた隣家の阿福《アフー》の孫の阿吉《アチー》が、畦道沿いに叫びながら走って来るのが見えた。手に下げているのは、赤い紐を通した、自宅の玄関の鍵だ。

「おばさんが、これをおじさんに渡してってって」

阿吉が息を切らしながら言った。

「おじさんのバイクがね、ガジュマルの木のところに見えたんで、走って来たんだけど、おじさん速すぎて」

子供の手から鍵を受け取った。少しためらい、子供が何も知るはずはないと思いつつも、やはりたずねた。

「おばさんは、いつ出かけたんだい。行き先を言わなかったかい」

「阿婕《アチエ》おばさんの工場へ行くって言ってたみたい。おばさんが母さんに話してたんだ。四時のバスに乗ったよ。大きなトランクを持ってたので、父さんが手伝ってバスに積み込んだんだ」

子供は得意げに言った。

「あれっ、おじさん知らなかったの」

「いや、知ってるよ。二三日前に聞いた。今日だというのを知らなかっただけさ」

彼は、弁当の入ったビニール袋を開けて、一つを子供に差し出した。子供は、うれしそうな顔つきで、わーいと言うとくるりと背を向け、飛び跳ねるようにして田の畦に沿って走って行った。

彼が玄関の鍵を開けようとしていると、また阿吉《アチー》が道の向こうで叫んだ。

「おばさんがね、毎日菜園に水撒くのを忘れないでと言ってたよ。大根にはたっぷり水をやるようにって」

大根女房は大根女房だってことか。大根に水をやるのは忘れないが、年寄りに食わせることは考えない。出かけたくなったら勝手に出かける。こんな妻がいるもんか。衣食は足りているのに、頭の中は金を稼ぐことばかり。ぶつぶつ文句を言ってみても、腹の虫はおさまりそうにない。振り向いて子供に手を振ったが、阿吉の姿はもうなかった。

妻は、少女だったころ大根娘と呼ばれていた。それは、戦争が終わって間もない、たいへん苦しい時代だった。村では、どの家も貧しかった。水田の収穫は少なく、収穫した稲で地主に水路の使用料と小作料とを納めると、残りは二ヶ月分の食い扶持にも満たなかった。幸い、芋には事欠かなかったので、そのまま食材にするだけでなく、薄く切り乾燥させて貯蔵し、米に混ぜて焚き、芋飯にした。これこそが、長年にわたって村人の命をつないできた主食であった。

今では、芋飯や芋粥に出くわすとうれしい気分になる。芋を混ぜたご飯に、塩魚と瓜か大根の漬物をつけた膳を妻が出してくれるのを彼は楽しみにしていた。箸を置くのを忘れるほど夢中になって食べた。特に妻の漬ける大根の漬物は、柔らかくて歯ごたえがあり、甘味があって塩辛くなく、口にした近隣の人々はみな褒めた。缶詰にし、特産品として売り出すことを勧める遠方の友人までいた。甘くとろりとした芋粥によく合い、最高の口当たりであった。柔らかな大根の漬物以外に、切干し大根、角切干し大根、干し大根など、大根で作られるあらゆる食品が、家には揃っていた。棚を開けると家じゅうに大根の濃厚な香りがした。中抜きさえも塩漬けにして乾燥させると、食卓のご馳走となった。大根娘の名は、いわれなきものではなかった。大根娘が大根女房と呼ばれるようになり、今では大根おばさんに昇格した。

あの頃、一日三食ほとんど芋飯というのが数年間続いた。しかも、米粒はぱらぱらとあしらう程度であった。ある家では、芋を切るのも面倒になって、いっそ芋を丸ごと茹で、食事のとき茶碗も使わなくなった。芋は、たいへん甘い。日本統治時代には、塩鮭をおかずにすることができた。ふんだんに捕れ、安価だったので、田舎の人々には欠かせぬ一品であった。戦後、日本の塩鮭が突然消えた。後にカマスの干物が現われたが、農協の配給であった。人々は、やむなく自家製のさまざまな漬物をおかずにして芋を食べた。生姜、筍、塩漬けの芥子菜《からしな》、パイナップル、根芥子菜《ねからしな》、榎の実等、いろいろな漬物を彼は食べたが、その頃に、大根娘の漬けた大根の漬物に出くわし、大根娘の名がだてでないことを知ったのだった。このあだ名は、まことに野暮ったいにもかかわらず、それが広まったのは、その漬物によるというよりは、彼女が才色兼備の娘であったからだった。彼女は、自分の容姿に十分自信をもっていたに違いない。だから、人が大根娘と呼んでも平気で、恥しく思うことが全くなかったのだろう。それを証明するかのように、彼女は自分の大根好きを隠すことはなかった。塩以外何もかもが欠乏していたあの戦後の時代に、生でも煮ても食え、漬物にも乾物にもでき、いつでもおかずになる大根をどの農家も栽培した。ただ、大根娘は、大根に対する思い入れをわざとあらわにし、人々にそれを印象づけようとしているかのようであった。このような時代にこそ、芋と大根は、全く絶妙のとり合わせであった。

たぶん、幼い頃から馬鹿正直な人間だったからだろうが、両親や親戚は彼を「芋」と呼んだ。成人したのちには、芋兄さんと呼ばれ、村でも少しは知られていた。その年、彼ははじめて父の代理で仕事に出た。下荘《シアチュワン》の叔母の家に行き、煙草の畑を耕すことになった。鋤をつけた牛を牽くことには、誇らしさと興奮を覚えた。これは、はじめて一人で請け負う仕事である。一人で働く姿を見た叔母の驚くさまを彼は想像した。自分がすでに大人になったことを叔母に証明して見せる自信があった。叔母は、ずっと可愛がってくれた。父が、突然その叔母の畑を耕すように彼を指し向けたのは「おまえも一人前になった」と息子に伝えたかったからなのだろう。彼は、牛を追い立てながら、叔母を待たせて機嫌をそこねないかとそのことばかり心配していた。

女が、突然十字路から飛び出てきた。前後に麻がらをふりわけにした天秤棒を担いでいる。麻がらは、女の胴体の三倍以上もある、女の身の丈より高い束である。担いでいるのは、たくましい女性に違いないが、こんな麻がらの束を二つも担いでいるので、人は中に埋没してしまい、麻がらの大きな束だけが十字路に飛び出してきて、ちょうど行く手を遮ったように見えた。彼はびっくり仰天したが、牛も驚いてグーと息を吸い込み、後ずさりした。

女もひどく驚いていた。牛の頭が、女にほとんどぶつかりそうになり、牛の二本の角が麻がらを突き、麻がらの束が後ろに倒れ、ほおかむりした少女が突然道のまん中に現われた。

「ねえ、ひどいじゃないの、どこ見て歩いてるの。人を突き殺すつもり」

なんと相手が先にかみついてきた。これがまた彼を驚かせた。やっとのことで牛を引き留め、肩から滑り落ちた鋤が自分に突き刺さらないようにするだけで、もう冷や汗をびっしょりかいていた。まだ気の動転のしずまらないうちに人に怒鳴られて、彼はすっかりうろたえてしまった。

「芋」といえども、腹をたてることもある。怒りがふつふつと涌いてきて、まさに爆発させようとしていたとき、目の前に立っているのが一人のうら若い娘であることに気づいた。こちらも十六歳にすぎないが、相手はさらに年下に違いない。少女は、頭の笠とスカーフを取り、片手を腰にあて、辻に立っていた。髪がやや乱れ、目を見開き、顔を上気させている。その顔に、彼ははじめて目にする美しさを感じた。健康的で凛とした勢いに気圧され、彼はのど元まで出ていたことばを引っ込め、逆に恥ずかしくなっておどおどしてしまった。

「はい、すみません。あの……、ぼく、畑仕事に……、叔母さんちの……」

面目ないほどに自分がしどろもどろになっているのを感じた。しかし、よその村に来た身では「龍も地元の蛇にはかなわない」というやつだ。

相手は何も言わずに、さっさと腰をかがめて麻がらを引き起こし、しゃがんで天秤棒を担ぐと、振り向きもしないで、さっさと彼を避けるようにして立ち去った。その動作は、手際よくきびきびとしており、彼のほうをちらっとも見なかった。少女がそばを通り過ぎたとき、塩漬けにした中抜きの淡い香りが漂った。彼の最も好きな料理が、母親が作る中抜きと肉の煮込みだったので、強い印象が残った。まっすぐに遠ざかってゆく少女の後ろ姿を眺めていると、なんだか少し寂しさを感じた。

馬鹿じゃないか。牛を追い立てながら、自分で自分を罵っていた。理不尽に怒鳴られて、しかも相手は自分より幼い小娘だというのに、どうしたわけか少しも怒りが涌いてこないのである。

この屈辱的な出会いをこれまで誰にも話したことがなかった。そのうち、彼も忘れてしまった。ある日の夕食後、いつものように同い年の仲間たちと伯公壇《ポーコンタン》（氏神の廟、ただし祭壇があるだけの簡素なもの）の前で涼みながら雑談をした。仲間の話は、隣村のある娘のことでもちきりだった。その美しさ、賢さを皆でほめそやしているようであった。美しさに魅せられた体験や感想をみなが入れ替わり立ち替わり語っていたが、誰も娘の名前を言わなかった。誰もが娘に引かれ、憧れていたのだが、その冷淡さに打つ手なく、心いためていた。当時、彼は民謡に夢中だった。暇さえあれば、民謡の本を手に必死に歌詞を覚えていたので、話に口をはさまなかったが、突然ある名前を耳にして、はっと思いあたった。

「大根娘と言わなかったか。大根娘ってその娘の名前かい」と彼は聞いた。

「そうさ。彼女のことをみな大根娘と呼んでいて、そりゃもうご執心なんだよ」と阿発《アファ》が言った。

叔母さんの村の器量よしの大根娘か。彼は、うつむいてぶつぶつとつぶやいた。突然脳裏に、怒りで上気した美しい顔が浮かんだ。と同時に中抜きの淡い香りがよみがえった。そうか。彼は、ぽんと膝を打った。あの娘だ。きっとあの娘に違いない。

「どうした、おまえも彼女を知ってるのか」

阿発が、いぶかって聞いた。彼がぐるりと見わたすと、誰もが彼の説明を待っているようだった。

あの恥ずべき事件を打ち明けたくはなかった。言えば、このうるさい連中にとことんからかわれるに決まっている。慌てて首を横に振り、再び民謡の歌詞に没頭した。仲間たちは、大根娘についてまたわいわい論じ始めた。話は、それぞれの好みの娘たちに移り、互いに紳士協定をとり結ぼうとした。結局、誰も大根娘を相手に選ばなかった。身の程知らずなまねはしたくなかったからであり、また仲間の恨みを買うのを恐れたからでもあった。この大根娘こそが、彼と数十年の歳月をともにしてきた妻にほかならない。彼に嫁いだとき、彼女はわずかに十九歳だった。

「おまえみたいに勝手気ままな人間ははじめてだ。いつもそんなにきついのかい」と後に彼は聞いてみた。あの時のことは、思いがけずも二人にたいへん深い印象を残していたのだった。大根娘があまたの縁談を断って彼を受け入れたのも、このためだった。芋兄さんと呼ばれるその馬鹿正直ぶりを見越して、一生尻にしけるとふんだのである。

「あんたに死ぬほど驚かされたんじゃない、罵って当然よ」

自分に非があっても相手を罵る、これが彼女の基本姿勢である。このことにふれると、彼女は得意げに笑った。

「じゃあ、なぜ言い返さないの。芋みたいに突っ立って、ぼうっとした人ね」

大根娘が、芋兄さんに嫁いだのだから、理屈から言えば、芋女房となるべきである。しかし、世の物事は、往々にして理屈通りにはゆかないものだ。皆は、結婚後も、これまで通り彼女を大根娘と呼んでいた。これはまだよい。後に誰が言い出したのか知らないが、いつからか大根娘が大根女房になり、さらに彼を大根兄さんと呼ぶようになり、なんとそれが周囲の村でも何の問題もなく使われるようになった。

「おい、入り婿じゃあるまいし、これじゃ面目丸つぶれだ」と、たまに弱々しく不平を鳴らしてみても、多勢に無勢、最後はしかたなく受け入れた。

劣勢な文化が優勢な文化と衝突する、これは一民族の悲哀であるが、個人のレベルにおいても同じである。大根娘は優勢を占めていたが、それは二人がはじめて出会ったときから決まっていたことであった。彼女は、至るところで自分の強さを証明した。彼が屋根を葺いて雨漏りを直すとき、彼女は茅を刈った。彼が田を耕しているとき、彼女は田植えを請け負った。取り入れのとき、彼が稲の束を背負い、彼女がそれを干した。家の用事は、すべて彼女が取り仕切り、全く対等に振る舞った。しかも、食卓に、大根の惣菜がのらないことはなかった。物資の欠乏していた時代には、隣近所や親戚にまでおすそ分けして、皆が大喜びで受け取った。生活が年々改善され、衣食に不自由しなくなった今も、彼の家では三度の食事に大根を欠くことはなかった。ゆえに、彼の生涯を総括すると、大根を畏れかつ愛したということになるだろう。

昨年、煙草の栽培許可権を人に譲ったのち、妻は工場へ仕事に行きたいと何度かもちかけてきた。大根女房は、まことにじっとしていられない性質であった。今年は田を休耕田にしたので、彼女はどうにも落ち着かず、家の周囲で朝から晩まで畑仕事に精を出し、彼にまがきを組ませ菜園を築かせた。むろんどの畦にも大根が植わっている。時期をずらして種を蒔いていたので、大根の苗は三センチくらいのものから十五、六センチのものまでそろっていた。妻は、それを見ているだけで楽しそうにしていた。

阿姨《アチエ》は、叔母の親戚で、高雄《カオシオン》に小さな縫製工場をもち、夫婦で経営していた。三十数人の工員はすべて郷里から雇っており、賄い婦を一人募集していた。妻はそれを知って、行きたいと何度か言っていた。一箇月一万元（台湾元一元は日本円約四円）あまりの収入は、畑仕事をする身には、大いに魅力的であった。ただし、彼は承知しなかった。先週、彼女はまたその話を蒸し返し、先方が返事を待っていると言った。そして、是非やってみたいと言った。

二人には五人の子供がいたが、みんな家庭を持ち、まずまずの仕事についていた。多くの人が立派な「後ろ盾」がいてよいと羨んだ。子供たちは、確かによくがんばった。子供は、能力があれば外に羽ばたき、外で競争し成功をおさめようとする。父母はどんなに苦しくとも郷里に留まり、子供が羽を休めるための憩いの場として、田と家を守り続ける。これが田舎の習わしである。三人の息子のうち、二人は役所で管理職についており、一人は海外で大学教授になっている。おかげで、夫婦二人だけで出国するときにも、米ドルの換金の必要はなかった。息子の長年にわたる仕送りだけで十分だった。さらに、娘や娘婿が年の節目に送ってくれるものも少なくなかった。

大根は、土を離れない。数十年来、大根女房はこの家を離れたことがなかった。たまたま息子や嫁あるいは娘に連れ出され、にぎやかな都会で過ごしても、一箇月を越えることはなかった。次男の嫁が産褥についた年、姑の彼女は二十日間逗留したが、それだけで涙ぐんでしまい、息子に家まで送らせた。亭主は、やはり亭主だ。芋兄さんが、たとえどんなに朴訥な人物であっても、やはり恋しく思うものである。それが今、一箇月一万元あまりのお金のために家を放りだしてゆくのか。

「そんな必要ないだろう」彼は妻の考えに同意しなかった。

「どうして必要ないのよ。去年煙草の栽培を止めて収入がないし、田も休ませてお米もないのよ。どうやって暮らしていくつもり。それでも必要ないって言うの」

「休耕田は補償があるだろ」

「雀の涙ほどの補償が何になるのよ」

「農協に預金もあるし、心配ないさ」

「坐して食らえば山もむなしって言うでしょ。百万元そこそこでどれだけもつと思うのよ」

「二人だけの暮らしに幾らもかからないさ。それに、子供たちだって毎月小遣いをくれるじゃないか」

彼は首を横に振った。年寄りが働きに出て苦労するというのは、どうあろうと理屈が通らないし、子供たちも承知しないだろう。煙草の栽培権を更新しなかったのも、子供たちがあの手この手で妻にやめるよう説得したからだった。

「子供たちをあてにすると、嫌われるわよ。残してやる財産だってないんだから。よくまあそれで子供たちに頼ろうなんて言えるわね」

彼女も引き下がらない。

「財産がないなんて誰が言ったんだ。七、八十アールの田、この家と土地に、どれだけの値打ちがあるか、知らないわけじゃあるまい。どれでも一つ切り売りしただけで、一生食えるさ。違うか」

この数年、土地の価格がどんどん値上がりし、山奥や傾斜地でさえ高く売れた。あまり収穫が望めない、等級の低い土地ほど、値打ちが出た。多くの人が土地ころがしでひと儲けをねらっていて、奇妙なことに、値をつり上げればつり上げるほど、人が引っかかった。彼の田にも、煙草の栽培を止めて田を休耕にしてから、幾人もの仲介業者が勧誘に来た。

「俺だって金持ちになれるぞ」彼は言った。「どうせ耕やしてもなんの儲けもない。耕すかどうかは、たいしたことじゃない。そうだろ」

「やぶから棒に、なぜ田を売る話を持ち出すの」大根女房は不安に感じているようだった。「生きていけないわけじゃあるまいし。ちょっと仕事をしてみたいだけよ。退屈なのが嫌なだけよ」

「おまえが、子供たちを出ていくようしむけたんだろう。阿光《アクワン》は家に残ろうとしたのに、誰が行かせたんだ」昨年、二人が同時に風邪に罹って寝込み、誰も世話をしてくれる人がいなくて心細かったことを彼は思い出した。妻は、それでも子供たちを外へ出し成功させようとしたことを後悔していない。

「私が、出ていかせてなかったら、今日の成功があったかしら。土ばかりいじっているものは、死ぬまで土にだまされ続けるのよ。あんたのような頭の鈍い人になんの見込みもないわ。ぼうっとして」

「俺のどこがわるい。食っていけるし、仕事もちゃんとしている。おまえにひもじい思いをさせたこともないだろ。何の文句がある」

「馬鹿正直な犬みたいに毎日人のためにかけずり回って、朝から晩までただ働き。これで文句がないっていうの」

これは、村長が選挙で再選されるように彼が奔走していることを言ってるのだ。彼は、朝早くから選挙事務所に詰めた。村長を補佐し、茶を入れ客をもてなし、支持の署名にやって来る来賓たちが重視され、感謝されているという気になるようにしむけた。これが、彼の生活を有意義なものに変えた。無給で、夕方帰宅するときに弁当を一つ余分に取るだけだった。それは、村長の考えが彼の考えと同じであったからだ。煙草の栽培を止めてから、お廟の前に寄り集まる古なじみたちと彼は、地方の政治に関心をもち始め、地方のダム建設反対運動のデモにも参加した。村長は、郷里にダムを建設することに最も強硬に反対しており、そのため彼はすすんで応援しているのだった。この点を妻は理解できなかった。

将来、子供たちは必ず帰って来る。彼は、郷里に今のままの静けさと自然をいつまでも残しておきたかった。土地を残し、彼らに野菜でも植えさせ、のんびりとした暮らしをさせてやりたいのだった。お金を稼ぐために外へ出て、ゆっくり楽しむために故郷に帰る。だから、郷里の頭上に高いダムをそびえさせ、先祖が数百年かけて切り開いてきたこの田畑を常に破滅の脅威にさらすことに、大反対なのだ。外地の資本が入って来て土地を買いあさり、軽佻浮薄な、いわゆる繁栄というものを持ち込むことにも彼は反対だ。この桃源郷のごとき農村を小台北や小高雄にしてしまうというのなら、子供たちが将来本当の台北や高雄に住めばよいことだし、そんな郷里に懐かしむだけの価値があろうか。一人のひとが、懐かしむ心の故郷をもたず、自らを帰属させることのできる愛する郷土と知己ももたないとすれば、それはどんなに孤独でさみしいことだろう。まるで浮草だ。歳をとるにしたがい、自分とこの郷里が不可分であることをますます感じ、我が子の心にも永遠にこの郷里があってほしいと彼は願った。そして、大根女房にもこのことを理解してほしかった。

六十歳にもなって、まだ若者と同じようにお金のために出稼ぎにゆくというのは、本当に悲しむべきことである。妻が自ら別の世界へ乗り出してゆくとは思ってもみなかった。もう話はついていて、議論の余地はないと思っていたのに。

彼は、年越しのように景気よく家じゅうの灯りをともした。だだっ広い家に一人ではさみしさを感じないわけにはいかず、今後どのように自活したらいいのかにも頭を悩ませた。

弁当を食べながらテレビを見たが、心は上の空であった。電話のベルが幾度も鳴って、彼はやっと我に返った。

「寝ていたの」電話の向こうで妻の声がした。

「いや、弁当を食っているところだ」

「阿福《アフー》は鍵を渡してくれた」

「うん、くれた」

「阿婕《アチエ》が朝電話をよこして、どうしても賄いが見つからないというのよ。長くて一箇月だからと何度も頼まれて。もうフィリピンのメイドを頼んだらしいわ。あんたは、どうせ毎日選挙事務所に詰めてるでしょ。弁当もあるし、投票日まであと十日ほどあるから、それで引き受けたの。やってみていい。パートで手伝うだけだから」

「うん、わかった」

「こっちはいいわよ、来てみない」

「ひまがない」

「こっちではね、戸や窓のちょっとした修理のできる守衛も探してるの。手当は二万元出すって。身内の人間に来てほしいそうよ」

「うん」

「泊まり込みで賄いつきだから、もしも二人で三年働けば、百万を超えるわ。農業よりずっといいでしょ。あんたどう思う」大根女房は探りを入れた。

「ごめんだね」

電話の声がしばし途切れ、彼も黙った。結局、彼女は諦めた。

「明日の朝、野菜に水を撒くのを忘れないで。大根にも撒いてね」彼女が言った。

「俺一人じゃ飯を作らないから、水を撒いても無駄だ」

「子供たちが、日曜日に帰って来るの。私も日曜日は休みだから帰るわ。自分が植えた野菜を子供たちにたくさん持って帰らせたいの、安心して食べられるから」

「帰って来るつもりなのか。行ったきりかと思ったよ」

「なんでそんなふうに言うの。家にいてもどうせひまだし、あんたのために少し稼ごうと思っただけじゃない」

「ほう、お妾さんでも持たせてくれるのかい」

電話の声がまた途切れ、しばらくして彼女が気づかうようにたずねた。

「怒ってるの」

「いいや、一人だと自由でいいよ」

「私、帰るわ」

「ご自由に」

「明日の朝発つから」

「それじゃ、給料出ないぞ」

「あんたが、ぼうっとしてるからよ」

大根女房は、電話を切った。彼は、再び発泡スチロールの弁当箱を手にしたが、すでにご飯もおかずも冷め切っていた。しかし、暑い季節には、冷や飯のほうがよい。

今日のおかずは昨日よりよい。味も悪くない。彼は食べながら家じゅうが明るくなるのを感じた。

明日また事務所へ行かなくては。

鍾鉄民（チョン・ティエミン）

鍾鉄民は、一九四一年生まれ。鍾理和の長子で、鍾理和が住んでいた奉天（現瀋陽）で生まれた。彼も父親と同じ時期に結核を発病し、脊椎カリエスに罹り、長年この病に苦しんだ。病のために就学が遅れ、旗山高校を六一年二十一歳で卒業した。六三年台湾師範大学の国文系に入り、台北で働きながら学ぶ。六九年に卒業して郷里の旗美高等学校に奉職し、九七年定年退職するまで勤めあげる。父親の影響を受けて作家の道を志し、鍾理和が没した翌年の六一年から作品を発表し始め、六五年短篇集『石罅中的小花』を出版した。父親の作風を受け継ぎ、農村の事物をリアルに描写することで定評がある。作品の量は決して多くないが、ヒューマニズムに徹した眼差しで美濃の農村を見守り続けている。これまでに、呉濁流文学奨、洪醒夫文学奨、頼和文学奨等を受賞している。

八九年財団法人鍾理和文教基金会の理事となり、鍾理和記念館の管理と運営にもあたり、地域文化の発展にも貢献した。九二年に美濃愛郷協進会を同志と組織し、理事長に推され、「大根女房」の中の「芋兄さん」のように、美濃ダム建設反対運動を起こすとともに、環境保護のためにも力を注いでいる。

作品集に『菸田』（一九六八）、『雨後』（一九七二）、『余忠雄的春天』（一九八〇）、『約克夏的黄昏』（一九九三）等がある。「叔母の墓碑銘」の原題は「大姨」、『約克夏的黄昏』所収。「大根女房」は「蘿蔔嫂」、『中国時報』「人間副刊」（一九九四年九月三、四日）掲載。

阿枝とその女房

鍾肇政▼松浦恆雄 訳

石炭ガラを敷いた道を歩く音が次第に遠ざかってゆく。

阿枝《アチー》は戸口でその足音を聞いていた。「ザッ、ザッ、ザッ」風まじりの音だった。次第に小さくなり、ついに聞こえなくなった。午後じゅう鳴り止まない、向かいの背の低い竹やぶのさやぐ音だけが残された。

阿枝は戸口に立ったまま動かなかった。傾いた日が彼の顔とむきだしの赤く焼けた胸を照らした。

彼は白く濁った目をむいた。日の光に人を刺す熱さはもうなかったが、彼は急に身体じゅうがカッとほてるのを感じた。

「この女、しっかり面倒見たれよ。阿枝」阿普《アプー》は言った。

「うん……」

別にどうということもない。ひとりの女だ。そう、ひとりの女、ただの女に過ぎない。しかし、彼は女の方を振りむくことができなかった――。彼にその気持ちはうまく説明できない。振り向きたい、お客は帰り、女が残された、彼女のそばにより、少し話をして、それから、まだまだやるべき事は山ほどある。阿完《アワン》が出ていって二十一日になる。彼はかわりの女がすぐに欲しかった。それで今、彼女が来たのだ。

「阿枝《アチー》、お前、こいつを呼ぶときは、……そうやな、阿桶嫂《アトンサオ》って呼べ。阿桶嫂や、わかったな」

「阿桶嫂……」阿枝は小さい声でつぶやいてみた。

「ふふ……、阿枝」女が返事をした。

阿枝は今の笑い声を反芻した。沈んだ、少ししゃがれた声だ。

またカッとほてってきた。どうした。それは、口に出せないどころか、脳裏に浮かべるのもはばかられる。おもてで風にあたったほうがいい。女とベタつきたいなどという欲望は、あっと言う間にしぼみ、消えてなくなるだろう。

彼は敷居をまたいだ。背の低い竹やぶが風をさえぎるので、石炭ガラの小道を少し歩いて、竹やぶの切れめまで行かねばならなかった。それはほとんど逃避に近かった。

しかし、後ろ足が敷居をまたいだとたん、女の声が追って来た。

「阿枝……阿枝」少しおびえたような声だった。

「なんや」

「どこ行くん」

「別に……」阿枝はちょっと面倒くさそうに言った。「じき戻る」

「そやかて……」

彼は外に出た。彼女が動きまわって何かをひっくり返すかも知れないが、小さな机のガラスコップさえ割らなければ、それでいい。でもそんなことはしないだろう。彼女は失明して九年になると言っていたじゃないか。そんなに鈍くはないだろう……。阿枝は、少しでも彼女から遠ざかっていたかった。

「ザッ、ザッ、ザッ」

石炭ガラが足元で軽く鳴った。風もさわさわと鳴った。もう秋の風だ。とっくに秋になっていたんだ。阿枝は歩きながら考えるともなく考えた。

何かが左肩に触れた。左手でさっとつかんだら、竹の枝だった。阿枝はその枝を引きちぎった。

風が背の低い竹やぶの切れめから彼に向かって吹いてきた。それとほとんど同時に、彼の嗅覚が異臭をとらえた。彼は白く濁った目をむいて、立ち止まった。

竹の葉がさやさや鳴っている。それ以外には、あるかなきかの水のさざめき。竹やぶを過ぎると小さな池があり、竹やぶはその池のふちに茂っている。池に無数のさざ波がたっているが、阿枝《アチー》にそれは見えない。光も影もない彼の世界には、四方八方から来る音が響いているだけだ。それ以外には、ときおり鼻先をよぎる様々な香りや匂い。

これは何の匂いだろう。

阿枝はまた白く濁った目をむいた。

彼が鼻をクンクンさせながら進んでゆくと、池のふちに出た。

異臭が不意に強くなって鼻腔を刺した。

「チェッ、チェッ」阿枝は軽く舌打ちをした。

それは腐肉の匂いだった。おそらくはネズミか猫の死骸だろう。犬か鶏かもしれない。匂いが足元から突き上げてきた。多分、風か波で池のふちに打ち上げられたのだ。

阿枝は、続けて前へ進むしかなかった。

「ザッ、ザッ、ザッ……」

異臭がまだ彼につきまとったが、次第に薄らいでいった。

石炭ガラを敷いた小道が終わってまだ進むと、大通りである。

遠くから子供たちの歓声が聞こえてきた。

「ストライク……ボール……」

阿枝は、太陽に向かい合った。風が彼の左頰を吹き抜けてゆく。身体つきが少し瘦せぎすなほかは、血気盛んな若者に変わらない外見だ。青いパンツで覆われたところ以外は、身体じゅうの皮膚が赤銅色に輝いていた。軽く立った短い頭髪がたえず風に吹かれていた。

車が一台、轟音を立てて通り過ぎた。阿枝は足元から伝わる震動を感じた。

「どうしょう……」

「阿枝、お前、しっかり面倒見たらなあかんで……」阿普《アプー》の言葉がまた耳元で響いた。

「ふふ……阿枝」

「阿枝……阿枝」沈んだ調子で、少ししゃがれた声。

彼は両手で耳を塞ごうとしたが、役に立たないことはわかっていた。ここでこういう風に身じろぎもせず、勇士然としてつっ立っているのが、彼は好きなのだ。

眼底に残るぼやけた影が、次第に明瞭になってきた。長く伸びたぼさぼさの白髪、落ちくぼんだ両頰、口もとのしわ、歯の抜けた口、唇が開いたり閉まったり……。これは誰なのか。阿枝は懸命に思い出そうとしたが、思い出せなかった。少なくとも二十年以上は前のことだ。お隣さんだったか、路上で偶然出会った人か。ずいぶん昔のことなのに、まだ眼底にこんな影が残っていたとは。ひょっとすると自分の家族かもしれない。お祖母さんか、いや、心底自分をかわいがってくれたお祖母さんは、こんなじゃなかった。お祖母さんには歯があった。じゃあ、ひいお祖母さんか。ひいお祖母さんなんて、いたっけ。ひいお祖母さん……。まるで奥深い洞穴の暗闇にいるようだ。ひいお祖母さんがそこにいるのはわかっていても、穴のなかには一筋の光も射しこまない……。

阿枝はその女を阿桶嫂《アトンサオ》とはどうしても呼びたくなかった。阿桶おばさんくらいの方がいいのではないか。いや本当に兄嫁などという年格好の女だろうか。

「ふふふ……」低いくぐもった笑い声。

彼はその笑い声から歯のある人の出す声だとわかった。この点はまず間違いない。しかし、あの声は明らかに……。

「老いぼれ」

阿枝は思わず口に出して言ってしまった。おれは要らんぞ……あんな女、要るもんか。阿普《アプー》兄貴、おれは騙されないぞ。

六日前のことだった。阿枝は隣村へ「物乞い」にいった。物乞いが済んで村はずれまで来て、ガジュマルの木陰で涼んでいた。

「阿枝やないか」誰かが反対側から声をかけてきた。

「阿普兄貴か」阿枝は白く濁った目をむいて、声のする方に顔を向けた。

「お前か、阿枝。物乞いに出てきてたんか」

「そうや。阿普兄貴は」

「田尾《ティエンウェイ》で友達に会うてきた。どうや、ようさんもらえたか」

「今いちや。全くもう……」

「なにが全くもうや、若いもんが足で稼いでまわったら、もらいの少ないはずがないやろが」

「そらそうやけど……」阿枝はついぼやきが漏れた。阿普兄貴は自分がやもめ暮らしだと知っているくせに。それでどうしてやる気がおこるんだ。

「阿完《アワン》がお前と別れたらしいな」

「そうや。もう出て行って二十日以上になる」

「ほんまに、なんでお前、女をしっかりつかまえとかれへんね。お前、男やもめで働く気になるか」

「そやね」

「お前に言うたやないか。女ちゅうのはしっかりつかまえとかなあかん。そやないと逃げて当たり前やって。阿枝《アチー》、ふっふっ。お前に教えたった例の手、忘れたんちゃうやろな」

「ちゃうちゃう、忘れてへん」阿枝は二度目をむくと、頰がちょっと赤くなった。「阿完《アワン》の亭主が来て、連れて帰ったんや」

「そうやったんか。よし、阿枝、お前にもうひとり女見つけたる」

「ほんまか」阿枝は白く濁った目を大きくひんむいた。

「お前その目、ちょっとつむったれよ。この慌てもん、なにを慌てとんね」

阿枝は気恥ずかしくなってうつむいた。

「気にすんな。若いもんはこれぐらいでええ加減や。何日かしたら、女連れてお宮へ行くから。ただな……」

「どないやね」阿枝はつばを飲み込んだ。

「その女も目が見えへん。それに……」阿普《アプー》は言いにくそうにしていたが、ちょっと間を置いて言った「それにお前より年上なんや、ちょっとやけどな」

「ちょっと年上て」

「そや、ちょっとだけ年上なんや。どうや」

「そんなん、急に言われてもな」

「年なんか気にすな、気にすんなて。連れ合いがおった方が、施しもようさんもらえる。そうちゃうか」阿普は言った。

「うん……」

正直なところ、そのとき阿枝はうれしくてたまらなかったのだ。阿完は、阿枝と半年くらい一緒にいた。阿完は、阿枝より随分若かった。一緒に暮らした半年は、阿枝には毎日が愉快で楽しかった。阿普から教わった様々な手をみんな試してみたが、阿完はとてもうれしそうにしていた。ただひとつ、阿枝を不愉快にしたのは、時おり阿完が不意にぶつぶつとつぶやきだすことだった。何をつぶやいているのかわからないが、低い声でつぶやいたまま部屋の片隅にしゃがみこみ、梃子でも動こうとしないのだ。阿枝は、なだめすかしたり、引っ張ったり、殴りつけたりもしてみたが、いっかな効果はなく、ぶつぶつとつぶやいたまま、晩になってもベッドで寝ようとしないのである。幸い、二日目には、阿完はけろりともとの調子を取り戻し、しゃべったり、笑ったり、ふざけたりした。

このような発作が一定の日数を隔てて繰り返された。三度こうした発作を経験すると、阿枝《アチー》は阿完《アワン》のこのくせにすっかり慣れっこになり、別に気にもしなくなった。

阿完が阿枝にもたらしたのは、例のよろこびだけではなかった。阿完は、彼が物乞いをするときの最高のパートナーでもあった。一メートル四、五十センチの竹の棒を、阿完が前で持ち、阿枝が後ろで持ち、阿完が引っ張りながらまわるのである。阿枝は、この商売を始めて十年になるが、この小さな町から遠く離れたことはなかった。勿論、阿枝がさきほどのように阿完を頼りにあちこち物乞いをしてまわれば、身入りも満足のゆくものになったであろう。

しかし、このような生活も、ついに終わるときがきた。

阿完が出ていった日のことが阿枝の脳裏に浮かんできた……。

阿完は、阿枝のために魚を焼いていた。七元で買ってきたものだ——七元である。いい香りだ。魚が鍋でジュージュー音をたてている。何と快い音であることか。

阿枝のおなかもぐうぐう鳴っていた。

ゴクッとたまった生つばを飲み込むと「もうええんちゃうか、阿完」

「まだ十分火がとおってないし、そんなにいそがんでも、阿枝」

「魚焼くの、お前ほんまうまいな、はは……」

「これくらい、どうってことないやん」

ちょうどそのときである。阿枝は急に戸口に人の気配を感じた。しかも明らかに参詣人とは違っていた。一瞬、阿枝の脳裏に不吉な影がよぎった。

「阿完！」訪問者の声もほとんど同時に飛び込んできた。馬鹿でかく野太い、怒気を含んだ声だった。

この一声で、阿枝は、誰が来たのか想像がついた。

「アッ……」阿完は驚いたようだった。

「こんなところに隠れやがって。くそったれめが」

「ふん」

阿枝は、声の様子から阿完が顔をそむけたのがわかった。

「何がふんだ。行くぞ。一緒に帰ろう」

「いやや。戻らへん」

「なに、戻らへんやて」

「戻らへん言うたら戻らへん」

「このアマ、戻らへんねやったら殴り殺したる」

「ようせんくせに」

「ぬかしたな、この恥さらし、こんな盲の乞食と一緒になりやがって。こいつより俺の方が劣る言うんか」

「何よ、ふん、お前なんか豚にも劣るくせに。えらそうに誰と比べる気よ」

「このアマ」

その男は狂ったように突進してきた。阿完は阿枝の後ろに隠れ、ぎゅっとしがみついた。二人は阿枝のまわりでもみ合ったすえ、阿完はその男につかまえられた。

その男はしきりに悪態をついていたが、いずれも口にするのもはばかられるひどい言葉であった。

「あ痛っ、こいつ、ほんまに……」

「ふんだ……」

「ええ度胸や、ほんまに人に噛みつきやがって、こいつ……」

阿枝はいい気味だと思った。しかし、どうすれば良いのかわからなかった。もし手出しをして阿完を守ろうとすれば、その結果は明らかだ。一発でぶちのめされるだろう。

「お前、ほんまに帰りたないんか」

「いやなもんはいやや」

「よし、くそアマ。今すぐ警察に連絡して、ふたりともつかまえたる。おかしなまねでけへんようにな」

「好きにしたら」阿完は唇をとがらせて答えた。

その男は鬼の形相で出て行った。

阿完は阿枝に連れて逃げてと頼んだ。阿枝も彼女がかわいかった。できることならそうしてやりたい。しかし、どこへ逃げるのか。この「おかげ様」のお宮よりほかに、阿枝に行くところがないことなど、阿完は先刻承知のはずだ。——いやあるにはある。どこかよそのお宮とか、橋げたの下。夜なら市場の隅っこで休めるかも知れない。しかし、どこもこの小屋には及ばない。

このお宮に祭ってあるのは「おかげ様」で、線香の煙は絶えたことがなく、毎日欠かさず参詣人が来る。信者がお金を出し合ってお宮のわきに、古いベッドと小さなかまどのついた小屋を建てた。ベッドのほかに、テーブルが一台と背のない長椅子が二脚、小屋の裏には井戸もある。この小屋は、阿枝のような者が住み込んで、お宮の守りをし、たまに掃除でもするように建てられたものである。小屋は粗末な作りであったが、阿枝のような者には、御殿に等しかった。彼は身軽には動けないし、仮にふたりで逃げたとしても、つかまったら、いったいどうすればよいのか。

阿完《アワン》は腑抜けたようにしゃがみこんだ。嗚咽を漏らし、自分の非運を嘆いた。阿枝は、阿完の気持ちが手に取るようによくわかったが、彼女に腹ごしらえをして、一旦戻って辛抱して、機会を見てまた逃げてくればいいんだと、なだめるよりほかになかった。

「阿完、そのときまた来たらええね。おれいつでも大歓迎やで」

「わかった……」

ふたりは、食事をした。阿枝は、魚が思ったほどおいしくなく、苦い味がすると思った。それは魚がまずいのではなく、心があまりに辛く、耐え難いからだということはわかっていた。阿完が戻ったら、逃げ出す前のように、しょっちゅう亭主に殴る蹴るの暴力を受けるのだろうと思うと、一口もご飯が喉を通らなかった。しかも、阿完がまたここまで逃げてきたとしても、すぐにつかまるだけなのである。

しばらくすると、果たして阿完の亭主が警官をひとり連れて来て、彼女を引っぱっていった。もし阿普《アプー》兄貴がまた阿完のような女を世話してくれるのなら、どんなにいいか知れない。ところが、連れて来てくれたのは、よりによって「老いぼれ」だ。しかし、よくよく考えてみると、阿普兄貴も確かに、その女——阿桶嫂《アトンサオ》——の年は、阿枝より少し上だと言っていたから、まんまといっぱい食わされたわけでもなかったのである。

「ガッチャーン」

阿枝は遠くの方で何か皿か茶碗をひっくり返したような音を聞いた。明らかに家の方角だ。しかし、家にその類いの物はない。するとその音は、間違いなくお宮からだ。

どうしたのだろう。阿桶嫂が小屋から出て、お宮に上がりこむ以外、そういうものに触れる人などいない。だが、勝手に動きまわるのがよくないことくらい、彼女も分かっているはずだ。全く、だいたいがあの女だ。まだ一般の参詣人がお参りに来る時間ではない。冗談じゃない。万が一方角を間違えて池にでもはまったら。阿枝はここに思い至ると、すぐさまとって返した。

「阿桶嫂……」阿枝が叫んだ。

「阿枝、ここ」

やっぱりお宮に上がり込んでいた。この老いぼれ、好きに動きまわりやがって。阿枝は少し頭にきた。

「なんで勝手に動きまわるんや」

「そやかて、いずれ手探りで動けるようにならなあかんでしょ」

「向かいに池があるんや、深い池や」

「そっちの方へは行かへん。水の音が聞こえたし。それよりこれ、なに。ひっくり返してしもたけど」

「大事ないて」

阿枝はお宮に上がると、すたすたとお供え机に近づき、しゃがみこんでその小さな甕を探り当てた。阿桶嫂はすっかりお手上げといった様子で、その場に棒立ちになっていた。

「蓋が割れた」

「これは、えらい罰当たりなことした。こっちへ来たとたんにえらい事しでかして」

「まだいける。うまいこと二つに割れたから、蓋できる」

阿枝は、散らかったお骨を集めて小さな甕に戻した。

「なに」

「なにってほかになにがあんね。お骨やがな」

「こら罰当たりなことした、ほんま罰当たりなことした。ナンマイダブツ……」

「大事ないて。ここに置いとくんが悪いんや。そやけどお骨を収める仏塔は七月二十日にならんと開けへんしな。しゃあないわ」阿枝が言った。

その小さな骨壺は、阿枝の手により瞬く間にもとの姿を取り戻した。

「戻ろうか」

阿枝が手を伸ばして帰る手まねをしたら、阿桶嫂の手にぶつかった。彼は彼女の手を取りゆっくりとお宮から出て、小屋に戻った。

阿枝はびっくりした。阿桶嫂の手がこんなに柔らかいとは思いもよらなかったのだ。手が小さくて指がすらりとしている。これは幸せになる人の手だ。ひょっとすると、阿桶嫂は、本当に兄嫁程度の年で、おばさんというほどではないのかもしれない。

阿枝は歩きながら彼女に教えた。家から五、六メートル前に池があるから、出掛けるときに注意すること。小屋に入ってまた教えた。家の裏が便所で、すぐそばに井戸がある。軒下には鶏小屋がある。彼は、彼女の手を取って裏口から出てぐるりとひとまわりした。

裏の軒下に来たとき、鶏たちが寄ってきた。コッココッコとうるさいくらいだ。ほかに低くうなる声がするのは、犬である。

阿枝は阿桶嫂の手を放し、腰をかがめ、静かに鶏たちの鳴き騒ぐ声を聞いた。阿桶嫂は傍らで何のことやらわからずに待っていた。

「えさをやる頃やけど、まだ二羽、戻って来とらん」阿枝が言った。

「全部で何羽いるん」阿桶嫂《アトンサオ》が尋ねた。

「十一羽や。ほな、中へはいろ。おれさきに鶏にえさやるから」

阿枝《アチー》はまた阿桶嫂の手を取って小屋に入った。阿桶嫂は少し怪訝そうにした。

「料理はできんのか」裏から入るなり、阿枝が尋ねた。

「できるよ」

「ほな、まず米といで」

「たきぎは。火を起こすんは」

「そらおれがやる」阿枝は白く濁った目をむいた。

「それくらいできるって。どこにあんのか教えて」

「わかった」

阿枝はまた阿桶嫂の手を引いた。

全く、すべすべした柔らかな手だな、阿枝は心のなかでつぶやいた。

阿枝はなにがどこにあるのか、ひとつひとつ阿桶嫂に教えた。鍋、米びつ、水がめからマッチ、焚きつけ用のタケノコの皮、たきぎにいたるまで。

ふたりはそれぞれ働きだした。阿枝は古いひしゃくを持って、小屋の隅にある粉ミルクの古びた桶からクズ米をすくった。少し前、お宮にもみを干しにきた人からもらったのである。彼が鶏や雀を追い払って番をしたので、いわばその当然の見返りである。毎年二回取り入れるもみを、付近の農民はみなお宮に干しにくる。阿枝がこうして得たクズ米は、何羽かの鶏を飼うのに十分であり、重要な収入源のひとつであった。

阿枝が小屋の裏に出ると、鶏たちはさきほど以上に激しく騒ぎ立てた。今回は、自分たちの主人からおいしいえさがもらえるとわかっているようなのである。勿論、犬の低い鳴き声も混じっている。

阿枝は、まずクズ米を一握りまいた。それから腰をかがめて耳を澄ました。太るよう去勢した大きな鶏が二羽まだ戻っていないのがわかった。

「クークックックッ」

阿枝は身を起こし、お宮の裏に広がる茶畑に向かって声をあげた。

「クークックックッ」

たちまち鶏の走るタッタッという足音が近づいてくるのが伝わってきた。阿枝の顔に笑みがこぼれ、そこでようやくひしゃくのクズ米を残らずまいた。

彼は裏口まで戻ったが、すぐには中にはいらなかった。えさをやっているときも、ずっと彼女のことが気になっていたのだ。彼女は何でもすぐ手を出したがる。来た早々からこんな風にすべきでないと彼は思った。様子がすっかり飲み込めてからの方が、間違いが起こらないではないか。さもないと、いつまでたってもうまくやれない。「老いぼれのメンドリめ」――彼は心でこうつぶやいた。

鍋をかまどに据える音が聞こえた。続いて焚きつけのタケノコの皮を手に取る音がした。

「パシッ」

これはマッチを擦る音だ。すぐに煙の匂いが漂ってきた。

次は竹を立て掛けるようにくべる。煙の匂いがたちまちきつくなり、阿枝の鼻を詰まらせるかのようだ。

「手慣れたもんやな。この老いぼれのメンドリ、なかなかやるみたいやな」阿枝は思った。

彼はそこで小屋に入った。

「阿枝」阿桶嫂が尋ねるような声で言った。

「おう」

「鶏は」

「みんな戻って来た。そっちはどうや」わざとらしいとは思ったが、こう尋ねないといけないように感じた。

「まあまあ」

阿枝はベッドのへりに腰をおろした。ここでめしでも待つか。これも悪くないが、これからはたぶん多少は気兼ねするだろう。彼はさて今後どのようにして物乞いをしようかと思いをめぐらし始めた。

「阿枝」

めぐらす前に、阿桶嫂の言葉に断ち切られた。

「おう」

「鶏がみんな戻って来たってほんまにわかってんの」

「わかってるよ」——当たり前のことだ。わからなくてどうする。

「何羽かって、鳴き声聞いたら分かる、そうなん」

「そうや、でも数える必要ないね。一羽一羽みんな鳴きかた違うさかいな。どいつがどのくらいの大きさかいうのもわかってる」

「そうなん。ヘェッ」これは驚いたという様子。

「大きな去勢した鶏なら、三キロは軽くある」

「三キロも」

「二百五十元以上で売れる」

「ふうん……」

そうだ。阿枝は思った。どうしてもっと鶏を育てないんだ。メンドリが生んだ卵は、これからは全部孵化させよう。一羽が二、三十キロの米になる。だいたい二十数羽で、二人で暮らすに十分な米を手に入れることができる――そう二人分の米だ。それに犬の食いぶちを加え、クズ米が足りないとき鶏にやる分も加えないといけない。さいわい今は地鶏の値段が良い……。阿枝は続けざまに幾度も白く濁った目をむいた。それに……。阿枝はこれ以上考えるのがおっくうになってやめた。

「道理でそんなにしょっちゅうは物乞いに行かへんのやね」阿桶嫂《アトンサオ》が言った。

「誰が言うてた」

「阿普《アプー》。あんたは一日と十五日に出るだけやって」

「そらしゃあないね。ほかの村まで出て行かれへんからな。いつも同じとこまわってるやろ、そんなしょっちゅう行くわけにいかへんがな。ええ塩梅にこのお宮さん小さいけどお参りの人多いんや。それに人から金貰いでもろてるような人ばっかりや。こういう人はな、物乞いせんでも五元、十元てくれはるね」

「十元も」

「たまにな。まあ五元くらいが相場やけどな」

「五元でもええやんか」

「まあな……」阿枝は白い目をむいた。「ほれ、ご飯がふいてる」阿枝はご飯のふく音を聞いた。

「わかってる。火を落としてるところ」

阿枝は、この老いぼれのメンドリは確かに役に立つと思った。

「おかずは。なんにしましょ」阿桶嫂が尋ねた。

「えーと……」阿枝は少し考えて立ち上がると、ベッドのそばの箱から卵をふたつ取り出した。

「なにそれ」阿桶嫂は、阿枝の動きを察知した。

「卵……」阿枝は卵を手にしたのを後悔していた。たった今孵化させようと考えたばかりではないか。

「卵、そらもったいないわ」

「おう……、でも今日は、お前が来た最初の日やからな……」

「そんなの要らん、要らんて」阿桶嫂は彼が言い終えるのを待たずに口をはさみ「おかずがなかったら、お塩をふりかけても食べれるやん。卵食べてたら、ひよこになれへんよ。鶏は五百グラムで四十元からするんやから」

「塩漬けの魚もあるしな。炒めたんが」

「それで十分やん」

「おれ、これまでようさん鶏飼われへんかったさかい、生んだ卵みんな食べてしもてたんや」

「これからはもっと飼いましょうよ。あたしも手伝えるし」

「それもそやな」

　阿枝は彼女が自分と同じ考えなのがとてもうれしかった。全く、阿桶嫂は、阿完《アワン》とは違う。あの女はいつも食べることばかり。だが阿完のことを思い出すと、あのすべすべした身体の感触が手のひらによみがえってきた。阿桶嫂の手も柔らかいが、ふたりの柔らかさには違いがあった。阿完のは文字通りの柔らかさで、柔らかさに張りがあった。阿枝は、阿完の身体をなでるのが大好きだった。肩から、胸、腹、そして……。阿枝は血が騒ぎ、みぞおちがひくひくするのを感じた。しかし、阿桶嫂はどうか。彼女の柔らかさは、表面の皮だけで肉がなかった。柔らかいと言うより、たるんでいるのに近い。たるんだ身体――、これは想像に過ぎないのだが、それだけでもうたくさんだと彼は思った。

おれは要らんぞ……。阿枝の身体に、もぞもぞとうごめくものがひそんでいたが、あのたるんだ柔らかい感触が彼の手のひらによみがえると、若い血もさっと引いてしまうのであった。

阿枝はその日一日の物乞いを終えると、頭がくらくらして、全身の力が抜けてしまった。疲れた足取りを引きずるようにして、やっとのことで通りに面した大きなお宮の前までやって来た。

お宮の左右に一本ずつ大きなガジュマルの木がそびえている。八角形の煉瓦を重ねセメントでかためた柵が木にめぐらしてあり、村人たちがそこで涼んだり世間話をしたりしている。阿枝もそこに腰をおろした。

お宮の前の広場にはたくさんの子供が遊んでいた。カルタ遊びをする子、ビー玉遊びをする子など、キャーキャー笑い声がこだまして、大変なにぎやかさである。

太陽が西に傾いた。吹いてくる風に少し冷たさが含まれているのに、阿枝は気づいた。彼は白く濁った目をむいて、ひとつため息をついた。

今日の物乞いは、随分あちこちまわった。小さな村の路地裏までのがさず歩いた。近くにある幾つかの小さな村もまわった。施しはたっぷり集まった。肩のずだ袋もずっしりと重く、米だけでも五キロは下らないだろう。ポケットにも十銭紙幣が百枚以上も詰まっており、五元のも二枚ある。大漁でご帰還といったところだ。

ただ、家に戻らないといけないということが、彼の気分を滅入らせた。――あの老いぼれのメンドリのお陰で、昨晩はほとんど一睡もできなかった……。呪ってやりたい気分だった。しかし、その日の出来事が一層彼を不愉快にしていた。

最初の出来事は、昼近くに起こった。阿枝が物乞いをしながら通りを過ぎ、橋のたもとにさしかかった。そこにも二本の大きなガジュマルの木がはえており、近くの人たちや通りまで出て来た人たちの格好の休憩場所だった。

あまりに暑いし、おなかも減った。阿枝は煎餅《チエンピン》（中国風クレープ）を買い、食べ終えると氷水を一杯買って飲んだ。

「阿枝」

誰かが彼を呼び止めた。その声で、それが彼をからかったり、冷やかしたりしてよろこんでいる若い連中だとわかった。阿枝は彼らが何の仕事をしているのか、おそらく彼らにもそれなりの仕事があるのだろうが、よく分からなかった。ただ、ちょうどこの時間は、彼らも休憩を取るときだった。いったい、こういう連中というのはどこにでも何人かはいるものである。

「おう……」阿枝は、こういう「穀潰《ごくつぶ》し」にどう応対すべきかを心得ていた。――この「おう」というのが阿枝の大好きな言葉だった。

「今日もお前の物乞いの日か」

「おう……」阿枝はうなずいた。

「阿枝」別の声が言葉を差し挟んだ。

「おう」

「お前、違う女連れてるそうやな」

「エッ」阿枝はこれには驚いた。昨晩来たばかりの女のうわさが、どうしてもう広がっているのか。彼は白く濁った目をむいて言った。「誰が言うたんや」

「みんな言うてるで」

「どうなんや」先ほどの声が尋ねてきた。「老いぼれの味はどうなんや」

「そんなもん知るかい」阿枝は、憤然として氷水をガブッと飲んだ。「老いぼれ」という一語が、阿枝の心を傷つけた。

「知らんて、そら妙な話やな」

「教えてくれてもええやろ。阿枝」

「知らん言うてるやろ」

「この嘘つき」

「阿枝、お前も人騙すこと、覚えたんか」

「騙したりしてへん」

「ほな正直に言えや」

「正直に言うてるやないか」阿枝は白い目をむいた。「あの女とは寝てへんね」

「そら不思議やな」

「寝てないて、なんでや」

「別にわけなんかない……おれ、要らんねや」

「おかしいやないか。なんで要らんね」

「要らんいうたら要らんね」

「年かさなんが気にいらんねやろ」

「……」阿枝は答えなかった。

「年増も若いのも同じちゃうんか」

阿枝は氷水をぐいっと飲み干すと、彼らの笑い声を後に残して立ち去った。

二つ目は裏通りで起こった。小さな村のさびれた裏通りである。阿枝はこの裏通りが好きである。通りの中ほどに銀行のビルがあって、ビルの周りにある屋根つき歩道には、世話好きな女が集まっている。彼女たちはおしゃべりをしながら仕事の手を休めない。毛糸を編んだり、ビーズの飾りを作ったり、手袋を縫っている人もいる。こうした手工芸品はみな輸出用だという。女たちのある者はサラリーマンの奥さんだったり、また電力会社の労働者の奥さんだったりする。彼女たちが特別に気前がよいわけでも、阿枝に多く施しをくれるわけでもないのだが、何くれとなく親身になり、気づかってくれるのだ。時には随分彼をからかったりもするのであるが。

午後の一番暑い時刻に、阿枝は物乞いにやって来た。

「あら、阿枝が来たわよ」

「えっ、今日は一日でも十五日でもないのにね」

「いや全く惜しいわね。大の男がねぇ……」

阿枝には遠くからでも彼女たちの交わす言葉が聞こえた。阿枝はしっかりした足取りで歩いて来た。

「阿枝、また来たのかい」

「今日は一日でも十五日でもないのに、どうしたんだい」

「阿枝、こんなに暑いんだから、ちょっと一服しておいきよ」

阿枝は誰にどう答えてよいやらわからなかった。勿論、このようなとき、一番よい答えは何も答えないことだと、彼は心得ていた。

「阿枝、お前さんのところ、ひとり女の人が増えたんだって」

この話題が出ると、みなは示し合わせたように口をつぐんだ。阿枝は、みなが自分の返事に聞き耳を立てているのを感じた。彼はやはり不思議だった。うわさはこんなに早く伝わるものなのか。

「そうや」阿枝は答えた。

「ひとり増えたんで、たくさんまわらないといけない、そうでしょ」

「まあな……」

「あら、あたし、あいにく細かいの切らしてるわ」

「十元札でもいいのよ」

小さな笑いの渦が起こった。続いて、一枚また一枚と少額の紙幣が阿枝の手に押し込まれた。阿枝はそのつどぺこぺこお辞儀をした。

「阿枝。お前さんのところへ来た女の人も目が見えないって、そうかい」

「そうや」

「じゃあその女、お前さんが養わないといけないね」

「ご飯は作れるの」

「作れる」

「どこから来たの」

「知らん」

「あれ、聞いていないの」

「聞いてへん。友達が竹鎮《チュチェン》から連れて来てくれたんや」

「歩いてきたの、自動車で来たの」

「知らん。たぶん歩いてやろ」

ため息が漏れた。たぶん自動車で来たんだ――阿枝はそう心で思った。

「阿枝、その人の面倒、お前さんがしっかり見たげなあかんよ」

「それにかわいがったげな」

「阿枝。言われなくてもかわいがるわよね、そうでしょ」

「お前さんがかわいがらないと、誰かよその人にかわいがられるよ」

「どうして一緒に物乞いしないのさ」

「そうよ。そうすりゃもっと余計にもらえるのに」

「あたしたちにもお披露目してよ」

「そんな見せるようなもんやない。老いぼれや」阿枝はすきを見て言葉を挟んだ。

「年がいってるからって嫌っちゃだめよ。かわいそうなんだから」

「おう……」

「いつか連れて来てよね。いい」

「連れて来ないんなら、見にゆくわよ。明日お宮でお芝居があるじゃない」

「そうよ。明日見にゆきましょうよ」

阿枝はたまらない気持ちだった。こうした会話が途切れることなく続く。彼は立ち去るほかなかった。

そこで阿枝は、奥さん連中にお礼を言って、ようやくのことでその場を切り上げた。

阿枝が小さなお宮の近くまで戻って来た頃には、太陽はとうに沈んでいた。夕暮れの涼しい風が、池の水面にこまやかな波音を立てて吹いていた。

「ザッザッザッ」

阿枝は重々しく石炭ガラを踏んだ。

「阿枝……お帰りなさい」

家につくより前に、阿桶嫂《アトンサオ》の声が聞こえてきた。

阿枝が押し黙ったまま戸口まで来ると、立っていた阿桶嫂がすぐ脇に道をあけた。阿枝が小屋にはいったとたん、ご飯と塩漬け魚の匂いがした。

「くたびれたんとちゃう」女が尋ねた。

「おう……」

「さきに汗流す、それとも食事にする？　梨があんのよ。剝いといた」

「梨？　なんでそんなもんがあんね。持ってきてみ」

阿桶嫂は半分に切った梨を渡した。皮がきれいに剝いてある。阿枝は口を開けてがぶりと嚙みついた。すばらしい味だった。今年の梨は、出回ってから一度しか口にしたことがない。今はもう時期はずれになりかけている。

彼は大きな口で一口一口かぶりついた。阿桶嫂が言うには、梨はお参りに来た婦人がくれたもので、全部でふたつある。その婦人には、今年十七歳になる娘がいて、工場で働いていたのだが、四か月前に急にいなくなった。それでこの小さなお宮に願をかけに来た。彼女はいろんな神様にお願いし、たくさんの仏様にもお伺いを立てたが、一向に効き目がなかった。一週間前、この小さなお宮の「おかげ様」が非常に霊験あらたかだと聞いてやって来た。すると、昨日、娘がひょっこり帰って来たのだという。彼女はあまりのうれしさに、今日の明け方からお供え物を用意してお礼に来たのだという。

阿桶嫂が話し終えると、阿枝も梨を食べ終えていた。

「あと半分あるけど、どう」阿桶嫂が言った。

「お前、まだ食べてへんねやろ」

「あたし要らんね。あんた、食べてよ」

「要らん、要らん。お前、食べ」

「じゃあとっといて、眠る前に」

「要らんて。ひとり半分ずつや」阿枝の声が少しうわずった。不機嫌そうな色が現れた。

「あたし、食べんでもかまへんね。ご飯にする、それともさきに、汗流す?」阿桶嫂は少しおどおどした調子で尋ねた。

「さきに食べよか」阿枝の声がおだやかになった。

阿桶嫂が阿枝にご飯をよそった。阿枝はこれまで味わったことのない心地よさを感じた。この老いぼれのメンドリは確かによくできた女だと、認めないわけにはいかなかった。

阿枝はご飯を三杯食べたが、みんな山盛りによそってあった。たぶん梨を半分食べたばかりだったからであろう、彼はおなかがいっぱいになった。随分久しいあいだ感じたことのなかった満腹感であった。しかし、阿枝は、彼女がろくにご飯を食べていないこともわかっていた。彼女の様子からして、ご飯のおかわりはしたが、二杯あわせても阿枝の一杯分くらいだろうと思った。彼は普段は大盛り二杯のご飯を食べるのであるが、もし彼が言ったように二人が「半分ずつ」食べるのであれば、彼は阿桶嫂の一杯を食べてしまった勘定になる。

阿枝がはしと茶碗を置くと、阿桶嫂も続いて置いた。

「お前、なんで食べへんね」阿枝が尋ねた。

「あたし二杯いただきました。もうおなかいっぱい」

「ご飯は。まだあるか」

「お茶碗半分くらいかな。ちょうど犬にあげる分くらい」

阿枝は何も言わなかった。彼は静かに満腹時のけだるい快感を味わっていた。

細かな足音が響いた後、阿枝は空の水桶を動かす音を聞いた。

「かめいっぱいにお湯を沸かしてあるから、阿枝、さきに洗ってよ」

「おれ、冷たい水で慣れてるから、お前さきにつかえよ」

「あたし、今日はええねん。昨日洗ろうたばっかりやし」

「汗流したら涼しいぞ」

「あたし、働いてへんし、一日じゅう涼しいんよ。あんたこそ疲れたでしょ。熱いお湯で汗流したらすっきりするよ」

「ザァー」

阿桶嫂は、かめのお湯を水桶にあけた。

阿枝は身を起こして寄っていった。彼は阿桶嫂が持つと言うのを聞かず、自分で水桶を裏の軒下に板で囲った風呂場まで運んだ。彼は井戸の水を汲んでお湯をうめ、ちょうどよい温度にした。

阿枝が服を脱いでいると、阿桶嫂が着替えを手渡した。阿枝は彼女に背を向け、後ろ向きに手を伸ばして受け取った。阿桶嫂はお湯加減を聞くと、すぐに引っ込んだ。

阿枝は身体を流しながらぼんやりと考え事をしていた。彼は、昨晩のように背のない長椅子の上で一晩過ごすのはもう御免蒙りたいと思っていたが、阿桶嫂を長椅子に寝かせるわけにもいかなかった。といって二人がベッドで寝るのは、どうあってもできない相談だ。

どうすればいいのか。

——長椅子で寝るしかないな、彼は独りごちた。長椅子で寝るのはかまわないが、気になるのは、毎晩こうだと彼女の方がたまらないのではないかということだ。

阿枝は彼女が心根のやさしい女だとよくわかっていた。おそらく四、五日もしないうちに、彼女は居づらくなって、去らせてほしいと言ってくるのではないか。しかし、どこに行けと言うのか。彼女を進んで欲しがる人などいるはずがない。彼女に落ち着き先があるとは思えず、たとえあっても餓死するだけだろう。

全く……。どうしたらいいのだろう。彼女を養うのはたいしたことではない。今日もさっそく、あの奥さん連中が二人に同情を示してくれた。幾日もたたないうちに、この小さな町じゅうの人が阿枝たちのことを知るだろう。物乞いにゆくたびに、きっとたっぷりの施しを与えてくれるだろう。鶏も今よりたくさん飼えるに違いない。

残された問題は、寝床だけだった。阿枝は別の方法を考えざるを得なかった。例えば、木の石鹼箱を余計にもらってきて、それを寄せ合わせてもうひとつベッドを作るとか……。

身体を流し終えると、ベニヤ板一枚で隔てられた鶏小屋の様子を伺った。トントンと軽く板を叩いてみた。よし、鶏はみな帰っている。

阿枝は水桶をさげて戻ってきた。阿桶嫂はベッドの方だと思い、長椅子の方に行ったら、そちらの方から阿桶嫂の動くのが聞こえてきた。

「阿枝、物乞いにゆくといつもこのくらい遅くなるん」

「そうともかぎらん」

「きっとくたくたでしょ。早く休んだら」

「まだ眠ない」

「どうして座らへんの。眠ないんやったら、話でもしましょ」

「そうやな」

阿枝は手探りでベッドの端にたどり着いた。驚いたことに、ベッドの板も木の枠も残らず丁寧にぞうきんがかけてあった。彼はベッドのなかに手を伸ばしたが、シーツも明らかに洗ってあるではないか。

阿枝はこれは褒めてやりたい、大いに褒めてやるべきだと思ったのだが、結局なにも口に出して言わなかった。

「ようさんもらえた?」阿桶嫂は尋ねた。

「ぼちぼちかな」

もし阿完《アワン》なら、全部で幾らになったか、幾ら使ったのか、いくつの村をまわったのか、何かおもしろい話を聞かなかったか、いくらでも聞いてきた。阿枝もまたとくとくとして話して聞かせたものだ。しかし、阿桶嫂は全く違った。

「ようさんまわったんやったら、ようさん食べな。そやないと、身体こわしてみ、なにしてることやわからへんよ」

「おう……」

「あんた、財産があったんやて？　たんぼと茶畑、そう？」

「誰が言うたんや」阿枝は白い目をむいた。

「阿普《アプー》。あんたの財産、みんな親戚にむしり取られたって」

「おう……。ほんまはそんな言うほどもなかったんや」

「世間の人って、いつもこうなんやから、ね」

「おう……」

「あたしもすっからかんになって、逆にせいせいしたわ。でも……いや、あんたに面倒見てもろてる分際で、こんなこと言うてしもて」

「大事ないて。お前な、あんまりそんな風に考えへんほうがええで」

阿枝は彼女の身の上について尋ねたかったが、それはぐっとこらえた。どっちみち、よくあるパターンだろう。妓女が老いて、若い子を育てたが、逃げられてしまう。それも目が見えないばっかりに。目が見えないのは、人にとっては致命傷だ。もしあきらめがつかないなら、死ぬしかない。そうしたら、死んで残ったお骨をこのお宮まで届けてくれる人がいるかも知れない。たぶん彼女は少し早く来すぎたのだ。

阿桶嫂はしばらく口をつぐんでいた。おそらく阿枝にはあまり話す気がないと思ったのであろう。そこで彼女は話題を変えた。

「阿枝、今日、たくさん人が来たよ。芝居の舞台も組みあがったし」

「おう……」

「たくさんの人がね、まるで……本当に恥ずかしくって」

「村まわってても根掘り葉掘り尋ねられたな」

「もう、本当に恥ずかしくって。本当に罰当たりなもんやね」

「……」随分年を食っていながら、よく言うものだと、阿枝は思った。

「あたし明日ね……頑張って物乞いせんとあかんなって思てるんやけど」彼女が言った。

「どこで」

「ここで。いや、このおもて、道端で、どう」

「ええに決まってるやないか」

芝居のあるとき道端で物乞いをするのは、阿普《アプー》兄貴の十八番だ。阿枝はその光景を思い浮かべた。近くの村で、宮芝居や祭礼、縁日があると、阿普は必ず駆けつけた。彼は最も人通りの多い場所を選ぶと、道端に座り込み、額を地面にこすりつけながら、悲しげな声を発する。一晩で二、三百元のあがりがあることも珍しくない。

しかし、多くの仲間がするように、ただ地面に座って手を伸ばしているだけでは、それほどのあがりは期待できないのである。阿枝もやってみたことはあるが、阿普のように、身も世もない悲しげな調子で頭をぺこぺこさせることはできなかった。

彼女にどんなパフォーマンスができるのか、阿枝には想像もつかなかった。彼女は年かさなわりに、顔はつるんとしている。おそらくあまり効果は上がらないだろう。しかし、そんなことはどうでもよい。多かれ少なかれ、収入には違いないのだ。しかも彼女がこの小さなお宮にやって来たという噂が町じゅうに広まっている。小さなお宮は、大きなお宮と違って、喜んで来る人はあまりいないが、人情味の厚い人が少なくない。ひょっとすると阿桶嫂はたっぷり施しをもらうかもしれない……。

「そんなら、あんた物乞いせんでもええやん」阿桶嫂《アトンサオ》が言った。

「芝居のあるときはな、もともと物乞いはせえへんね」

「そうなん。ほな、ほかの仲間が来るんとちゃう」

「来るかいな。ここがおれのしまやて、みんな知ってるからな」

「そんならええやんか。あたし、しっかりやるわ……」

「おう……」

阿枝は伸びをひとつした。

「阿枝、眠ったら」

「おう、そろそろな」

「眠りなさいよ。蚊帳も繕ったし」阿桶嫂は静かに言った。

「おれ……」阿枝は長椅子で寝ると言おうとしたが、声にならなかった。そう言ったらきっと彼女を傷つけることになると思った。どうしたらよいか。ベッドで寝るわけにはいかない。そのことしか、彼にはわからなかった。

「かめへんよ、阿枝。眠ったら。あたし、今晩、長椅子で寝るから」

「そらあかん」阿枝は断固とした口調で言った。

「蚊帳も繕ったし、安心して眠ってよ」

「おれ、蚊なんか平気なんや」

「ほんまなん」阿桶嫂は笑いだしそうになった。

「当たり前やないか、蚊が恐わあてどないすんね」

「ふっふっ……眠ったら」

「おれな、長椅子で寝る。なにがおかしいね」

「別に」

「蚊が平気なんがなにおかしいね」

「そやかて昨日の晩、何回も蚊を叩いてたけど、叩くたびに力こもってきてたやん」

「あっ」阿枝もぷっと笑うところだった。

「やはり、あたし、ここで寝ます」

「あかんて」阿枝は大慌てで長椅子までやって来た。「あかん言うたらあかん。お前はベッド。ここはおれの陣地や」

阿枝は有無を言わせず阿桶嫂をひっぱって、ベッドに押しこんだ。

「ねえねえ、阿枝、こんなんあかんて。なんでわざわざ」

「わかった、もうええ、いらんこと言わんでよし」

阿枝は背のない長椅子に戻って、その上にごろんと横になった。

すると阿桶嫂はベッドから離れてかまどのそばへ行き、手に何かを持ったかと思うと阿枝のところまで戻ってきた。

「ほな阿枝、これ食べてしもて」

「なんやね」阿枝の声はいかにも面倒くさそうだった。

「梨」

「おい、言うたやろ、一人半分ずつやて」

「でも、あんた若いし、もっと食べんと。それに今日は一日じゅう外まわりしてきたんやし。梨食べたら暑さ引くもん」

阿枝はやむなく手を伸ばした。阿枝の手が阿桶嫂の身体に触れた。腰のあたりかどこか。彼女は素早く手を伸ばして彼の手を取ると、梨を握らせた。阿桶嫂は彼が受け取らないのを恐れるかのように、両手で梨を持つ阿枝の手をすっぽり包み込んだ。阿枝は、柔らかい阿桶嫂の手のひらをまた感じた。

「全部おれが食べんのは、ようないやろ」

「気にせんといて、あんたが食べるんが一番」

阿桶嫂は阿枝の手を押し戻した。

「食べて。早く」

「お前っちゅう女は、どうしようもないな」

阿枝は一口嚙った。サクッとした歯ざわりで香りが満ち、果汁がしたたった。

阿桶嫂は阿枝の顔のすぐそばにじっと立っていた。阿枝は何かの匂いを感知した。それは女の匂いだった。阿枝の顔にまた血がのぼってきた。心臓がどきどきする。阿枝は胸の鼓動を彼女に聞かれるのではないかと恐れた。彼は続けざまに梨に齧りつき、わざと音を響かせた。

阿桶嫂は音も立てずに戻っていった。阿枝は食べながら話し始めた。

「おれ、蚊は叩いとっても、平気なんや。……なんちゅうても藁葺きの小屋で寝たこともあるさかいな。そうや……八歳でいとこの嫁はんに家たたき出されて、ずっとそこで寝泊まりしとったんや。二十年になるかな。……そら夏の晩なんか、風が涼しゅうて涼しゅうて……」

朝早く目が覚めると、阿枝は、阿桶嫂が何か落ち着かない様子なのに気づいた。どうしてこう感じるのか。阿枝にもよくわからなかった。

鶏が鳴くと、阿桶嫂は起き出した。空はまだ明けていない——あるいは漸く白みはじめたばかりだろうか。阿桶嫂は米をとぎだした。そのシャッシャッという音がこれまでよりも力がこもり、テンポも早いようだった。

鶏たちもがさごそ動きだした。阿桶嫂はクズ米をすくいにいった。クズ米とひしゃくのたてるザリッという音が少し強すぎたようだ。阿枝は、ちょっとたくさんすくい過ぎたなと思った。——ひしゃくにいっぱいすくったようだが、半分で足りる。

阿枝はまだ眠ったふりをして、黙っていた。

彼は思った。阿桶嫂はどうしてこんなにはりきっているのか。今日、物乞いするのがそんなにうれしいのか。これは自分のため——つまり、自分のために少しでも収入を増やすことができるからなのか、それともご機嫌を取るためか。彼女が人のご機嫌を取るような人間には見えない。そもそも彼らのような人間が、人の気に入られようとすること自体、無意味なことである。ほかでもない彼ら自身の存在がすでに十分すぎるほど卑屈であり、これ以上卑屈を装う必要がないからである。こうした道理は、阿桶嫂もとうに承知しているだろう。阿桶嫂が家事をテキパキこなすのは——そのためいよいよ彼女が「老いぼれのメンドリ」だと思われてしまうのだが——、決してご機嫌取りではなく、自分の領分に属することはしっかりやろうと考えていたからにすぎないのである。阿枝もこれくらいのことはわかっていた。

では、彼女のはりきりは、純粋に収入のためなのか。彼女にもこっそりへそくりを貯めておいしいものでも買って食べようという気持ちがあるのか。——いや、彼女にかぎってそれはない。彼女は何か食べ物があれば、自分に食べさせてくれる。残らず食べさせてくれたりもするのだ。

「阿枝、鶏を放してくる」

阿枝は返事をしなかったが、よくわかっていた。十一羽の鶏が一羽も欠けず、今必死にえさをついばんでいるのが聞こえていた。鶏たちは元気いっぱいで、お宮の裏の竹やぶや茶畑、相思樹の下にえさを探しに駆けてゆくだろう。

「阿枝……もう目が覚めてるんでしょ」

「おう……」

「起きたら」

「まだ早い」

「早く起きて。ご飯が済んだら、大忙しやよ」

「なにも急《せ》くようなことないがな」阿枝はいささか不機嫌そうである。

「なんで。早いうちにお参り済ませとかな、もう少ししたら参詣の人が来はるやんか」

「おれらもお参りすんのんか」阿枝はちょっとびっくりした。

「なに言うてんの。お参りせんとどないすんの」

「これまでお参りなんかしたことないで」

「ほんまに罰当たりやねぇ。年に一度のことやない、お参りせな。みんなわざわざお参りに来はるんやない」

「そら人様のこっちゃ」

「阿枝、それって考え違いもええとこやよ。あたしたち、半分はこの『おかげ様』におすがりしてご飯食べさせてもろてるんやない。この小屋も『おかげ様』のもんでしょ。お参りせんとどないすんのよ」

「おう……」その通り。しかし阿枝は面倒くさいだけだと思った。お参りするならそれもいい。だが、なにをお供えするのか。

「ご飯が済んだら買い物してきてね」阿桶嫂が言った。

「こんなはよから、どこ買いもんにゆくね」

「お祭りの日は、市場も早くから開いてます」

「なんで知ってるね」

「そんなん決まってるでしょ。さあさあ、ご飯やよ。おかずつくらいでも、塩漬けの魚に混ぜて食べてちょうだい。お昼にしっかり食べましょ。さあ起きて」

阿枝は起きざるを得なかった。

朝ご飯を済ませると、阿桶嫂は阿枝を買い物に追い立てた。彼女は魚一尾、肉一枚、豆腐乾（調理済みの豆腐を乾燥させたもの）四つを買ってきてお供えにし、あと紙銭と蠟燭一対をつけ加えようと思っていた。これは阿枝からすれば、空前の大盤振る舞いだった。あまり気が進まなかったが、阿桶嫂の言うには、「おかげ様」にお参りするのは、ひとつには感謝の気持ち、ふたつには幸せ祈願。これからの一年の平安にどうしても欠かせない。誠心誠意お参りすれば、来年一年、気持ち良く過ごせる、と。阿枝は彼女に従わざるを得なかった。

阿桶嫂はまるで人が違ったみたいだった。しゃきしゃきと立ちまわり、全てをきちんきちんと片付けた。阿枝が買い物から帰ってくると、今度はお宮の掃除を言いつけられた。もうぼつぼつ参詣人も見えていたが、まだごくわずかである。阿枝が掃除を終えた頃には、お供えの肉も魚もすっかり調理が済んでいた。

ふたりは一緒にお参りし、紙銭を焼き、蠟燭に火をともした。

もう参詣人が来ているのに、どうしてさっさと物乞いを始めないのか。阿枝は不思議に思った。

昼ご飯のあと、この謎が解けた。

阿桶嫂は昼ご飯をたらふく食べた——大盛り二杯のご飯と豆腐乾ふたつ、幾切れかの肉料理——阿枝と同じ分量を食べた。

昼ご飯のあと、阿桶嫂は少し休むと、物乞いに行くから晩ご飯は阿枝が用意するように、ただご飯はもう炊いてあって炊く必要はないし、おかずも冷えたものでよければそのまま食べられる、もし阿枝がどうしても熱いのがほしいというのでなければ、なんの用意もいらない、と言った。阿枝は、勿論、そんなことはどうでもよかった。

昼ご飯の前に、芝居の一座が到着していた。おもてでは、人の声がだんだん騒がしくなっていた。お参りする人もどんどん増えて、行き来する人の波で大変なにぎわいだった。

舞台で触れ太鼓が鳴りだすと、芝居の見物客も徐々に集まってきた。ついに阿桶嫂が物乞いに出掛けるときが来た。

「阿枝、あたし、出掛けるよ。あんたは。なにすんの」

「なんもせえへん。たぶん芝居聞きにゆくやろな」

「ほな、聞いてて。舞台のそばに椅子持っていかへんと」

「そんなん要らんね。今は拡声器あるさかい。家のなかで聞いとっても同じなんや」

「それなら家でね。行ってくる」

阿桶嫂が出掛けていった。

阿枝はベッドの端に座って、じっとおもての喧噪に聞き耳をたてていた。物売りがたくさん来ていた。アイスキャンデーと氷水が一番多かった。それ以外は、数え切れない人の声高に話す声の波だった。一番大きいのは、言うまでもなく、舞台の太鼓である。この様子だと、間もなく芝居がはじまるようだ。

阿枝は、長い間ぼんやりと座ったまま、とりとめもないことを考えていた。沸き返るばかりの声の波には、興奮が含まれているようで、知らぬ間にそれが阿枝の心にも感染していた。阿《ア》普《プー》兄貴のように、誰か話相手になってくれる人が来ればいいのにと思った。阿普兄貴は芝居について色々と教えてくれる。関羽がどうした、劉備がこうしたとか。それに暴れん坊の張飛だっている。あの感動的な物語を、阿普兄貴は何から何まで知りつくしているのだ。残念ながら、今日は、阿普兄貴は来ない。ほかの仲間たちも来るはずがない。ここが阿枝のしまだからである。いずれにしろ、阿枝は物乞いをしないのだから、せっかくのこの人込みをほっておく手はない。少しくらい物乞いに来てもかまわないのに。しかし、連中は来ないのである。

芝居がはじまった。

「わしが——張飛だ」

張飛か。芝居は三国志だが、どの段をやっているのかわからない。阿枝の大のお気に入りは、関羽が五つの関所を越え、六人の将軍を斬るくだりだ。時折この演目にあたることがあると、阿枝はいつも最初から最後まで熱心に見物するのである。

残念ながら、今日は別の演目だ。阿枝はしばらく聞いていたが、どうも今日の芝居は盛り上がりに欠けると思った。あの暴れん坊が捕まって打ち首というところで、劉備が助けに入り、処刑だけは免れる。張飛が斬られないのは分かっている。斬られてしまったら、あとの芝居がなくなるじゃないか。それなのに、ちんたらちんたら助けに入るの、どうするのって。

しかし、次第にわかってきたのだが、これは芝居がつまらないのではなく、自分がそわそわしているからであった。阿桶嫂《アトンサオ》のことがどうも頭から離れないのだった。

朝早くから、阿桶嫂はあんなにはりきっていた。それは今日の物乞いに、彼女が並々ならぬ関心を抱いていたことの表れではなかろうか。恥ずかしがり屋の彼女が、今日に限って人前に顔をさらす。これも妙なことである。

おそらく阿桶嫂はこの道の新米ではない。少し考えてみたがやはりそうだと思う。彼女は失明して何年にもなる。その間、彼女は何とかして食いつながないといけなかった。彼女を必要とする男はおそらくいないだろうし、ただで養ってくれるお人よしなぞ尚更いない。とすれば、彼女も当然、物乞いの経験を相当に積んでいるはずだった。

大かた、道端に座って片手を伸ばしているだけだろう――見に行ってみよう。阿枝はそう考えるとじっとしていられなくなった。

彼はそっと外へ出た。

芋の子を洗うような人込みで、話し声が四方八方から押し寄せてくる。彼は、この人出が尋常でなく、例年をはるかに上回っているように感じた。ふとあの奥さん連中の話が脳裏に浮かんだ。彼女たちは本当にあの女を見るために、わざわざこのお宮まで足を運んで来るだろうか。今年の人出が例年以上なのは、そのためだろうか。阿枝はどちらとも決めかねたが、最後にはその考えを否定した。

彼は人込みのなかを逆流した。肩が絶えず通行人とぶつかった。誰かが彼の名前を叫んだが、一切相手にしなかった。誰かが連れに「あれが阿枝や。小さなお宮さんの番人や」と言ったようにも聞こえた。

阿枝が石炭ガラの道を半分ほども進んだところで、突然、異様な声が雑踏のざわめきに混じって聞こえてきた。彼は思わず息を呑んだ。

「お兄ぃさんがた、お姉ぇさんがた――その慈悲深ぁい御心を――お兄ぃさんがた、お姉ぇさんがた――その慈悲深ぁい御心を――」

一語一語を長くひっぱる声が、切れそうで切れずにつながり、どこかの嘆き節でも唸っているかのようだった。

阿枝は声のする方に足を運び、阿桶嫂のすぐそばまでやって来た。彼女の声が一層はっきりと聞こえた。

本当に、どこかの嘆き節でも唸っているかのようだった。しわがれた作り声の、力のこもった響きは、人の慈悲心をかきたてずにはおかなかった。彼はしばらく聞いていたが、声が上へ下へと波打つことから、彼女が額を地面に打ちつけてお辞儀をしているのがわかった。額を打ちつける地面の振動が足元まで伝わってくるかのようだった。

阿枝は、彼女から三歩ほど離れた所に背を向けて立っていた。彼は、アッと思った。これはまさに阿普兄貴のやり方だ。阿普兄貴の泣き叫ぶようなくどきを何度か聞いたことがあったが、阿桶嫂のは、もっと哀切な響きに満ちていた。彼女がこんな凄腕の持ち主だったとは。彼はほとんど感動していた。

阿枝は立ったまま思いをめぐらした。まもなく宮芝居をかける季節である。早い村は旧暦の八月一日からであるが、遅いところは九月の初めである。近くの村には、宮芝居をかけるお宮が十幾つある。芝居が二日にわたるところもある。阿桶嫂のこの実力なら、一日に三百元はまず堅いところだ。

阿枝は、自分の村の大きなお宮に出掛けたことはあったが、他の村の祭礼にまで出掛けていったことはなかった。それで何とか食っていけたし、若い頃から一人暮らしで遠出のしようもなかったからだ。その後、阿完《アワン》のような連れ合いができて、道案内には不自由しなくなったが、それでも彼に遠出の気持ちはなかった。

今、阿枝は真剣にこのことを考えていたのだが、それは決して彼が欲に目がくらんだからではない。一財産稼いで、将来足を洗い余生を楽しむ、彼にそんな野心はなく、そもそもそんな芸当のできる人間でないことは自分が一番よくわかっていた。彼は、そんな遠い将来のことまで知恵のまわる人間ではないのである。それでは、今の生活を少しでもよくするためか。それも違う。彼はかつかつであれ、おなかを満たすことができている。では、もっとよいものを食べたり着たりしたいのか。これは彼らの職業にあってはタブーである。特に阿枝のような小さな村の有名人なら尚更である。もしも衣食に余計なお金をかけたとなれば、あっと言う間に村じゅうに知れわたり、もう物乞いに行っても誰も相手にしてくれないだろう。

では、阿枝はどうしてこのような考えを起こしたのだろうか。それはただ、彼女にこんな腕前がありながら、あたらそれを無駄にするのがお天道様に申し訳ないというだけのことなのであった。ちょうど良い肉を買っておきながら、ほったらかして腐らせ虫をわかせるようなものである。

とは言え、目の見えない二人が、不案内な道をどのようにしてよその村までたどり着き、物乞いをするのか。阿枝は、いつだったか、阿普兄貴の言っていた話を思い出した。阿普兄貴の話では、たまにタクシーに乗って物乞いにゆくことがあると言うのである。タクシーも今ではそれほど高くはなく、竹鎮《チュチェン》から阿枝の村まで歩けば二時間かかるが、タクシーを雇えば二十元、往復で四十元だ。タクシーのいいところは、バスのように、しょっちゅう同乗者に陰口をたたかれたり、嫌みをされたりすることがない。それに停留所で降りるのでなく、お宮の前とか好きなところで降りられる、ということだ。もし本当にそうだとしたら、問題はすっかり解決するではないか。

「阿枝……阿枝」

阿桶嫂の言葉が彼を現実に引き戻した。彼女はどうして自分がここにいることがわかったのか、阿枝はまたもや驚かされた。

「阿枝……」

「エッ」

「お戻りよ」

「……」阿枝はきょとんとしたままだ。

「早くお戻りよ。あんたのことを言う人がいるよ。ここはあたしがいれば大丈夫。早くお戻りよ」

「誰がなんて言うてるね」

「気にせんと。早くお戻りよ」

「教えてくれ」

「もう。阿枝のヤツ、女に稼がせて、ええ気なもんやって」

「……」これはあんまりだと阿枝は思った。

「わかったでしょ。お戻りよ。あたしのそばにいなくても平気やから、ね」

「わかった。ほなな」

阿枝はその場を離れた。たちまち背後に喧噪があふれ、阿桶嫂の嘆き節が響きはじめた。

夜になると、阿桶嫂の声は完全にしわがれてしまっていた。声が全く聞き取れないわけではないが、非常に聞きづらかった。

それでもまだ阿枝がむりやり連れ戻したからよいようなものの、もし彼女に芝居が終わるまで物乞いをやらせていれば、今頃は全く声が出なくなっていただろう。

その夜、阿枝は二度彼女を連れ戻しにいった。一度目は夜の芝居が始まったばかりの頃である。にわかに雨が降りだした。

パラパラッと雨音が始まると、彼はすかさず小屋から飛び出した。

強い雨ではなかったが、人込みが右往左往しはじめた。彼女が雑踏にもまれてけがでもしないか、雨に濡れて身体でも壊さないかと、気が気でなかった。

しかし、彼女は物乞いをやめようとしなかった。雨の降るなか、彼女の物乞いの声はいよいよ哀切さを増していた。阿枝はどうしようもなく小屋にとって返すと破れ笠を彼女にかぶせてやるほかなかった。

幸い、雨は激しくならず、ほどなくしてやんだ。

それからかなりの時間がたって、阿枝は考えた。芝居も半分がた終わり、もう参詣人も来ないだろう。道はまだ随分人でにぎわっているが、大半は家路を急ぐ人たちだ。施しをしたい人はもう済ませているはずだ。彼は、阿桶嫂を連れ戻すことに決めた。

阿枝が彼女のもとに来てみると、その声のしゃがれぶりにぎょっとさせられた。夕食時にすでに声の変調に気づいてはいたが、ここまでひどくなるとは予想もしなかった。

「お兄ぃさんがた、お姉ぇさんがた――哀れなもぉのにお恵みを――その慈悲深ぁい御心を――」

その声はほとんど聞き取れない。しかし、阿桶嫂はますます声をはりあげるのだった。自分がいかに懸命で、いかに哀れかを、ここぞとばかり聞く人にわからせようとするかのように。

彼は、これが彼女のパフォーマンスだと承知しながらも、胸の痛みに耐えかねた。

「もうええやろ、声も出んようになってからに。もう帰ろ」

「まだ人通りもあるし。声が出へんかっても関係ないねんて」

「もうええて、聞いてる方が耐えられへん」

「聞いてる人が耐えられへんようにやってるんやんか。そうでなかったら、誰がお金を出してくれんのよ。ほら、ようさん紙幣ももろたし。五元のも、十元のも」

「わかった、わかった、もうええ。お前の身体が耐えられへん、言うてるね。病気にでもなったらどないするね」

「阿呆なこと言わんといてぇな。なんで病気になるんよ」

「なんやて、あかん言うたらあかん」阿枝は不快な色をむきだしにした。

「そんなならもう少しだけ」

「もうええ言うてんね。行こう」

阿枝は無理やり彼女を引っぱった。

この様子を誰かが見ていたのだろう。阿枝は幾つかの視線が彼らに注がれているのを感じ取った。彼の一番嫌いな視線だった。

「もう……」阿桶嫂は彼に従うしかなかった。

彼らはとぼとぼと小屋へ戻っていった。

「阿枝、今日一日のあがり、二、三百元は下らへんと思うよ」阿桶嫂の口ぶりは、興奮気味であった。

「そんなようさんもろうたんか」

「間違いないて」

「それより身体の方はどうやね。身体こわしてまうぞ。こんなガラガラ声になってしもて」

「声なんか大したことないて。明日、氷砂糖を買うてきてなめたらようなるって」

「よし、ほな、今すぐ買うてきたる」

「いや、明日でええって」

「今すぐ行く、言うてるね。行く前にお湯沸かしていくさかい。しっかり休まな。ほれ、ベッドにはいったはいった」

「もう、あたしは大したことないって。ほんもんの老いぼれみたいに扱わんといてよ」

阿枝は有無を言わせず彼女をベッドまで引きずっていって座らせると、いそいでお湯を沸かした。火をつけ、かめをかまどにかけてから、出て行った。

阿枝が戻って来ると、ちょうどお湯が沸いていた。彼は阿桶嫂のため、身体を洗うお湯を水桶にあけ始めた。

「おい、阿桶嫂、お前になに買うてきたと思う」

阿枝はこう言ってしまってから、ギクリとした。これまで彼女を呼ぶときは、いつも「阿桶嫂」の三文字がのど元まで出かけていながら、つい飲み込んでいた。それが今、少しもつかえずに口から出た。これは彼女を受け入れることができたということか……。そう思うと頰がほてるのを阿枝は感じた。

しかし、阿桶嫂に返事はない。

「阿桶嫂、氷砂糖だけやないで。干しみかんも買うた。干しみかん、わかるか。店の人がな、のどつぶしたときは、干しみかん食べるんが一番やて、教えてくれたんや。氷砂糖は水で煮るんやと」

お湯は残らず水桶にあいた。

「もう身体洗えるぞ」

彼は一声かけると、水桶を裏に運びだし、井戸水を汲んでお湯をうめた。湯加減をみたら、少し熱めだった。でもこれでいいだろう。阿桶嫂は少し年かさだから、少し熱いくらいがちょうどだろう。

阿枝が中に戻ってきても、阿桶嫂に動きがない。おもてでは、芝居の銅鑼が依然ガンガン鳴っていた。マイクで大きくなった役者のセリフが、鼓膜をつんざかんばかりだ。阿枝は思った。彼女は死ぬほど疲れたので、死んだブタのように寝入っているだけだ、と。

阿枝はこの自分の言葉に身震いした。「死ぬほど疲れた」「死んだブタ」、どうして縁起でもない言葉ばかりが浮かんできたのだろう。

阿枝の心臓が早鐘のように打った。

「阿桶嫂……、阿桶嫂！」

やはり返事がない。

勿論、彼女は過度の疲労で深い眠りに落ちているだけである。しかし、呼び声が聞こえないはずもない。彼は息をこらして、彼女の寝息を聞き取ろうとした。

「馬をもて！」

「トントントントン……」

太鼓が慌ただしく鳴った。おそらくは関羽の登場だ。

阿枝は怖くなってきた。彼は身体じゅうの力が抜け、ふにゃふにゃ地面に崩れ落ちそうになるのを感じた。

そんなことはない……そんなことはない！　あり得ない！　阿桶嫂！　そんなんあかん……。

阿枝は大声で叫びたかった。が、声が出なかった。この臆病もん。なにが怖いんや。彼女はぐっすり眠ってるだけやないか……。

阿枝は、くり返しくり返し自分に言い聞かせた。渾身の力をふりしぼってベッドに近づこうとすればするほど、両足から力が抜けてゆくのである。とうとう地面にへたり込み、動けなくなってしまった。

「馬をもて！」

銅鑼が急に大音声をあげた。舞台では熾烈な戦いが始まった。しかし、阿枝の耳にはその音が、いよいよ小さく、ますます遠ざかってゆくのだった……。

鍾肇政（チョン・チャオチョン）

一九二五年、台湾北部の桃園県龍潭に生まれる。鍾家が広東から台湾に移り住んで六代目にあたり、父は国語学校出身の公学校の教師であった。一時台北で生活を送るがまた龍潭に戻る。台北では台湾語を話し、公学校では日本語を学ぶ。龍潭に戻ってからは、客家語を話す。幼い頃からの本好きで、『譚海』や『新青年』といった日本の雑誌を愛読していた。淡江中学を卒業後、国民学校の助手を経て、彰化青年師範学校に入学し、そこで初めて世界の名著に触れる。師範学校卒業後は、学徒動員で海防警備にあたり大甲に駐屯する。兵役時にマラリヤに罹り、高熱による聴覚の損傷を受け、以後補聴器が手放せなくなる。第二次大戦後、龍潭の国民小学校で教鞭を執りながら、国語（北京語）を学び始める。台湾大学中文系に合格するが、難聴と先生の方言のため講義がよく聞き取れず、再び龍潭に戻って教師を続ける。

一九五一年、彼の投稿した文章が雑誌に掲載されたのを契機に、本格的な創作活動に入る。当時の鍾肇政は、まず日本語で草稿を作り、それを中国語に翻訳する必要があったが、次第に慣れて草稿を作らなくても頭のなかで翻訳できるようになり、最後には中国語で考えられるようになったという。一九五七年には、陳火泉、鍾理和たちとガリ刷りの『文友通訊』を出し、互いに切磋琢磨しあった。彼は長編小説を得意とし、二十作以上の作品を世に問うている。台湾人に今も愛される台湾歌謡の作曲家鄧雨賢の伝記小説『望春風』、抗日の英雄姜紹祖の伝記小説『丹心耿耿属斯人――姜紹祖伝』、霧社事件に取材した小説『高山組曲』、二・二八事件を描いた『怒濤』など、台湾苦難の歴史を強く意識しながら、台湾と台湾人の運命を小説を通して考え続けてきた。代表作は、自伝的色彩の濃い『濁流三部曲』と『台湾人三部曲』である。後者は完成に十年以上の歳月を要し、台湾抗日五十年の歴史を、代々茶業を受け継ぐ客家六代目の主人公陸維梁を中心とする物語に仕立て直し、台湾北部の客家農民の抵抗や恋の歌をうたう客家の風俗などもきめ濃やかに描きこんでいる。

鍾肇政は、台湾文学の編集、出版を通して、台湾文学の保存と普及にも多大な貢献をしてきた。文学の盟友鍾理和の死後、鍾理和記念館の設立や著作の刊行に尽力、呉濁流の創刊した『台湾文芸』を彼の死後六年支えたり、『民衆日報』の文芸欄を編集して若手の育成にも力を注いだ。『本省籍作家作品選集』や『台湾省青年文学叢書』(いずれも一九六五)、『光復前台湾文学全集』(一九七九)や『台湾作家全集』(一九九一―一九九三)といった台湾文学史を跡付ける大部なアンソロジーの刊行にも大きな役割を果たした。現在『鍾肇政全集』（全二十二巻の予定）が刊行中である。

「阿枝とその女房」は、一九七三年一月号の『文芸』（原題「她的故事」）に掲載された。訳出には『台湾作家全集・短篇小説巻／戦後第一代⑤　鍾肇政』（前衛出版社、一九九一）所収のテキストを用いた。

解説

彭瑞金（静宜大学助教授・文芸評論家）

愛知大学の黄英哲氏から台湾の客家《ハッカ》をテーマにした小説の編集に協力してほしいとのご依頼を受けた。そのとき即座に思った。台湾における客家の立場を強調するだけではなく、客家人作家の特色を出さなければならないと。ずっと以前から考えていることだが、客家人作家の描く女性には、客家以外の女性には見られない特徴がたくさんある。また、客家の社会において女性の果たす役割は注目に値する。そこで、本選集では台湾客家人作家の小説の中から女性を描いたものを採録することとした。

台湾は、移民によって形成された社会であり、エスニシティー（ethnicity）を異にする四つの主要な集団（マレー・ポリネシア系の先住民、福建系漢民族の閩南人、客家系漢民族、戦後大陸から移住した外省人）が存在する。その中で、客家は二番目に大きいエスニック・グループ（ethnic group）で、総人口の十五パーセント前後を占め、約三五〇万人いる。

三百数十年来、台湾の客家人は「閩南化《びんなん》」の危機にさらされてきた。最大のエスニック・グループである閩南人と雑居あるいは隣接する客家人は、自分の母語を捨てて閩南語を学び、閩南人に同化しようとする傾向が強い。そのために台湾の人口比における客家人の比率は減少し、さらには客家の存在までもが脅かされているのである。一九八七年「母語を取り戻そう」をスローガンに客家人が街頭デモに乗り出したのは、鬱積する危機意識の現れであった。客家とは、元来定住しない——よそから来た人を指す——ことから名づけられたのだが、台湾に移った客家は、大規模な移民を行わなくなった。その原因は、台湾が孤島であり、なおかつ台湾に移住した客家人の客家人全体に占める割合がわずかであり、勢力が弱かったからである。台湾の客家人が客家を代表し、そのエスニシティーを保ち、客家文化を守っていくことは、現実的に不可能であった。台湾の客家人が、他の集団との「融和」を避けようとするならば、台湾に踏みとどまることはできないだろう。これは、きわめて現実的な問題である。客家人といえば、傲慢で他の集団と溶け合わない頑固な性格をもち、それゆえ自己のエスニシティーを強固に保てるのだと一般にみなされてきたが、そうあるためには地理的条件がそなわっていなければならない。他の集団との融合を迫られると、客家人は何十年何百年をかけて築いた身代を捨て、その地を去り、何百キロも移動し、海をも渡って客家の精神を貫き通すことから、結束が強いという印象を人々に与えてきた。しかし、台湾の客家人にはそのための条件がそろっていなかった。

こうした事情から、台湾の客家人作家が作品の中に自らのエスニシティーを表現し、エスニックな文学を発展させることは、非常に難しかった。例えば、客家語による文学を構想しようとしても、台湾における客家人口の比率からして不可能である。ただし、客家人作家の台湾文学の作家人口に占める比率は、人口比率をはるかに超えており、かつ非常に重要な位置を占めている。台湾文学史の中から、客家の作家とその作品を取り除いてしまったら、貧血状態になるといっても過言ではない。試しに、台湾文学史の二〇年代から頼和《ライホー》を除き、三〇年代から龍瑛宗《ロンインツォン》、呂赫若《リュホールォ》、呉濁流《ウトゥリウ》を除き、四〇年代から鍾理和《チョンリーホー》を、五〇年代から鍾肇政《チョンチャオチョン》を、六〇年代から李喬《リチアオ》を除いたとしたら、いったいどのような様相を呈するだろう。むろん言うまでもなく、客家の作家はこれだけにとどまらず、この十倍を超える。このことは、客家のエスニシティーと明らかに因果関係がある。小説を書くことは、とりわけ戦後の国民党政府の長期にわたる戒厳体制下においては常に危険をはらむ、しかも無報酬の行為であった。小説の内容に思想犯の嫌疑がかけられることもしばしばあり、反共を旨とする国策文学の方針に従わない作品は、ほぼ発表の機会がなかった。小説の創作は時間を要するものである。特に長篇小説には、巧まざる、ひたむきな精神が必要である。客家の作家がこの方面で非常に優れていることは、明白な特質であると言えるだろう。

文学創作をとりまく環境的要素に加えて、台湾の客家人作家が自己の文化特色を発揮しようとしたことも、創作する上で欠かせない原動力となった。「客居」という特性を失った台湾の客家人は、固有の文化を努めて保とうとしてきた。客家と他の集団とが同化する以前の、客家固有の文化が完全に保たれていた集落で育った作家は、おのずと作品の中にその文化や生活の特色を保っている。「客家」であることは、彼らの文学において一つの大前提をなしていたのである。一九三四年生まれの李喬がその境界に位置する作家と言えよう。日本統治時期以後を除く、彼より上の世代の作家では、鍾理和、呉濁流、鍾肇政等に客家的特色を見いだすことができよう。李喬より下の世代の作家になると、客家の血が流れているけれども、作品における客家的特色は、明らかに弱まり希薄になってきている。日本統治時代を除く理由は、当時の作家たちは、客家の身分を表明することはせず、また、日本語で創作し、客家語の特性を作品の中に表すことすらしなかったからである。

客家の学者羅香林《ルオシアンリン》（戦後大陸から移住した外省系客家人。かつて台湾大学歴史系の教授を務めた）は、三〇年代に中国の客家社会について行った研究の中で、客家は文教を重んじるが、文芸は重んじない、文教とは文明と教育のことであり、文芸とは経済的に豊かで、生活に余裕があってはじめて成り立つものであると指摘している。さらに「文教とは、民族や部族が個人の生の欲求を満たすために創造し営んだその成果であり……それは民族や部族の貴い魂であり、民族や部族を涵養する無形の財産でもある……」（『客家研究導論』一九三三年）と述べている。険しい山岳地帯や地味の痩せた僻地に住む客家は、文芸の分野において肥沃な平地に居住する他の集団と競い合うことができなかったが、その民族的特質は文芸の源泉を育んだに違いない。台湾は、移民主体の社会である。文教を重んじ文芸を重んじない環境、貧しい経済的条件、劣勢な立場は、ともに移民社会の一員である他の集団と比較してそれほど変わらなかった。旧文学の時代において、すぐれた客家の詩人は少なくなかった。台湾が日本の植民地になってから二十五年後の一九二〇年代に新文学が起こると、客家の作家たちは文学活動を開始し、客家以外の作家たちと肩を並べた。戦後、国策文学が台湾文学を圧迫したときに、客家の作家も他の台湾人作家たちと同じように抑圧を受けた。台湾新文学運動史において、マイノリティーに属する客家が多くの優れた作家を生み出したことは、客家文化の特色であると言えよう。

羅香林は、『客家研究導論』の中で客家の特性に言及し、客家人の七大特性として、多角経営と人材の育成、家庭・社会における女性の能力と地位の高さ、勤勉さと清潔さ、活発で野心的、冒険と進取の気性、倹約と質実、強情で独善的、を挙げている。女性の能力と地位については、さらに『婦女共鳴半月刊』に掲載された文章を引用して次のように述べている。客家の女性は、よく働き、生産的で、仕事の才覚もあるが、自ら取るところは僅かである。彼女たちは、経済的に自立しており、一家の主が家を出て、たとえ十年間不在が続いても、彼女たちが平穏に暮らしているのは普通に見られる光景である。自分に田があれば耕し、無ければ借りて耕し、一家の糧を得る。農繁期には耕作し、農閑期には、昼は荷担ぎや縫い物をやり、夜は機織りをする。女性の所得は、生活を支えるに余りあり、子女の教育費もまかなう。夫からの仕送りは、田畑を買うために貯蓄するのである。社会のさまざまな経済活動にもよく通じており、年越しに必要な物や肥料の共同購入、農機具の共同使用、それに頼母子講といった資金運用等、活動範囲は広く、力もある。女性は、一家の主であり、家を支え、畑仕事と家事の一切をこなす。老人や子供の扶養、子女の教育、親類とのつきあい、家計のやりくりを取り仕切るのは、おおむね女たちで、男は客のような扱いを受けるのである。客家の女性は、朝は朝星、夜は夜星で一日中働く。日々変わることなく、生涯にわたってそれを貫き通し、たとえ年老いても身をもって手本を示そうとする。仕事を権利、また生活の本質であると考え、労働は人生を充実させ、魂の拠り所となると信じているのである。表面上は苦労が多そうに見えるが、精神面においては他の女性よりもずっと誇り高く、幸せなのである。客家の女たちは、化粧をして着飾ったり、足を纏足《てんそく》にしたりして男に媚びようとはしないし、尻や胸を大きく見せて人の気をひこうとはしないものなのだ。

ただし、このような客家の特質も台湾の客家社会においては一部に残っているだけで、年輩の客家人作家の作品においても年齢が下がるにつれて希薄になりつつあり、若い世代の間ではもはやあいまいになってきており、この傾向は変わらないであろう。他の集団との「融和」がその原因である。しかし、エスニックな特性や、ともに同じ島に住む他の集団との差異をことさらに強調するのは、もはや文学の主題として適切でないということがより重要な理由であろう。

客家の社会は母系社会ではないが、家庭や社会で演じる女性の役割は、初期の客家人作家が描いたように特殊であり、客家以外の人々にとっておおいに参考になるものである。今日勢い盛んなフェミニズムとも、比較してみるだけの価値があるかもしれない。客家の女性を生き生きと描いている作品に、鍾理和『笠山農場』、鍾肇政『濁流三部曲』、李喬『寒夜三部曲』があり、本書で選んだ短篇小説ではその一端を示すにとどまるが、台湾客家人の文学を知るための入門書として恰好のものだと思っている。

以下に本書に採録した六人の作家、九篇の作品を紹介しておく。

鍾理和《チョンリーホー》（一九一五～一九六〇）は、同姓の女性との結婚を勝ち取るために（作者略歴参照）、保守的な客家の家と社会を飛び出し、中国の瀋陽、北京に七年間住み、そこで創作を始めた。一九四五年北京で第一作品集『夾竹桃』を出版した。一九四六年の春、帰台してまもなく肺結核を患い、三年あまり入院して治療のために財産をほとんど使い果たしてしまった。彼の大部分の作品は、貧困と病に追いつめられた晩年の十年間に書かれたものである。鍾理和の主要な作品に必ず登場する人物、それが「貧しい夫婦」の中の「平妹《ピンメイ》」であり、封建的な婚姻制度に立ち向かうために彼と力を合わせ、手を携えて駆け落ちした、彼自身の妻である。「平妹」は、近代的な教育を受けてはいないが、その行動に現れた強さと勇気は、まぎれもなく自覚的なものであった。中国での彼らの暮らしは過酷であったが、鍾理和がそこを家としたので、彼女は慣れない環境にありながらも家を切り盛りした。戦後帰郷して鍾理和が入院すると、残された彼女は、彼らの結婚に対して敵意を持ち続ける環境に一人で立ち向かった。「貧しい夫婦」に描かれているように「平妹」はこうした運命に向き合い、畑仕事をすべてこなし、その合間に近隣の金持ちの家で仕事を手伝い、一家の生計を維持した。真っ当に生活を営むばかりでなく、部屋の隅々まで清潔に保ち、生きることに対する強さと智恵を十二分に発揮している。「平妹」は、虚構の人物ではないけれども、作者の自らの生活に対する鋭く、深い観察を示している。

「祖母の想い出」は、客家人に嫁いだ先住民の女性が主人公である。先住民であった「祖母」は、客家の家に嫁いでから自分の生活習慣を捨て、控えめに振る舞い、客家に溶け込もうとする。歌うことをやめ、自分の親戚の与太者が馬鹿にされ笑われないように、民族の尊厳を大切に保とうと努める。本篇は、客家の女性のあり方を側面から描いたものだ。

鍾肇政《チョンチャオチョン》は、一九二五年生まれ。戦後第一世代の作家である。代表作『濁流三部曲』――『濁流』『江山万里』『流雲』は、日本統治下の台湾で学び、生活し、成長した彼自身の体験をもとに書いた大河小説である。『台湾人三部曲』――『沈淪』『滄溟行』『挿天山之歌』は、日本統治時代の台湾人の歴史体験をもとにした同じく大河小説である。客家の社会を中心に置き、客家の生活を長い時間軸でとらえているこれらの作品群において、ひときわ特徴的なのが女性の描き方である。『流雲』に登場する「阿銀《アイン》」と『挿天山之歌』に登場する「奔妹《ペンメイ》」は、これらの作品で作者が描き出そうとした至高の人物であると思われる。この二人の女性は、正規の教育をほとんど受けておらず、家は貧しく、不運な境遇に置かれながらも、あたかも大地の母であるかのように、それぞれ家の要となり、命の熱を放射して世の中を温めるのである。「阿枝《アチー》とその女房」に出てくる「阿枝」は、目の不自由な物乞いである。仲立ちを介して嫁いできた女性もやはり目が不自由であるうえに、彼よりも年かさで、さまざまな面でハンディキャップを負っているにもかかわらず、「阿枝」の生活に驚くべき豊かさをもたらす。この女性は「阿枝」の世話を必要としないばかりか、「阿枝」の生活の面倒を全般にわたってみようとする。彼女は心に目をもち、生きていくすべを心得ており、弱者である女性ゆえの鋭い生活感覚と智恵を発揮するのである。この女性は、他の長篇小説に登場する女性とは異なり、客家の女性であることが強調されていないが、客家の作家ならではの人物造形と言えよう。

李喬《リチアオ》は、一九三四年生まれ。五〇年代に創作を始めた。『寒夜三部曲』――『寒夜』『荒村』『孤灯』や『埋冤・一九四七・埋冤』等、やはり長篇小説で知られている作家である。『寒夜三部曲』は、「灯《トン》妹《メイ》」という客家人女性の生涯が全篇の軸になっている。「灯妹」は捨て子で、臍の緒をつけたまま豚小屋に置き去りにされていた。黄《ホワン》家が彼女を拾い、葉《イエ》家の養女にやった。葉家では、さらに彼女を彭《ポン》家の童養媳《トンヤンシー》（将来息子の嫁にするために幼いうちに引き取って育てる養女）にやるが、許嫁の男性が結婚の前夜に急死する。彭家では、彼女のために「劉《リウ》阿《ア》漢《ハン》」を婿にとる。波瀾万丈の生涯で、次々に災難が襲いかかるが、このやせっぽちの女性は災難をものともせず、一家の生活の支えとなり、さらに村の人望を集める存在ともなる。彼女の出身や外見とは全く相反するかのように、その生命力は、豊かな愛と温もりをこの世にもたらすのである。これは、客家の小説家らしい作意だと言えよう。「運命とは、理不尽に、いわれのない災難を人にもたらすものなのだから、人は惑わず、恐れず、変わることなく、止まらずに、普段どおりに生きてゆく。私たち女性は、この点において男たちよりも強くなくてはならない」これが、「灯妹」の生活哲学である。

「山の女」は、李喬初期の短篇小説で、客家集落の女性を客観的な眼で描いている。主人公の「漬物婆さん」は、戦時中に中国から夫探しにやって来たが、夫は日本の警察に捕えられ獄死してしまっていたため、それで客家の村に流れ着いた中国人女性である。この身寄りのない婦人は、年老いても自力で生きている。この「漬物婆さん」が、「蕃仔林《ファンツリン》」の頂上の「とんびのくちばし」にある「阿《ア》槐《ホァイ》」の家にふた碗の米を返してもらいに行く。「阿槐」はお国のために奉公に出てしまっており、残された知的障害のある妻と娘は、食う米がないどころかズボンすらはいていない。「漬物婆さん」は、この哀れな母娘を見て、貸した米のことを諦めるばかりか、塩を分けてやろうとさえ思う。この小説は、逆境の中で健気に助けあいながら生きている小人物たちの悲哀を描くだけでなく、「漬物婆さん」という客家の老婦人の生活哲学をも描いたところが重要である。彼女は、『寒夜三部曲』の「灯妹」とよく似ている。人生の災難に直面したときに、「惑わず、恐れず、変わることなく、止まらずに、普段どおりに生きて」おり、男よりもずっとねばり強いのである。

「母親」は、作者の母親のことを書いたものだ。「灯妹」を異なる角度から描いたものがこの「母親」である。登場人物に対する距離のとり方が異なり、両者を完全に重ねることはできないけれども、「母親」が「灯妹」の原型であることは確かである。ただより鮮明に描かれている点が異なるだけだ。「母親」の身にふりかかる苦難は、象徴的な意味をもつ。「母親」の苦難に対処する姿は、作者の心の中にある客家女性の原型なのである。

鍾鉄民《チョンティエミン》は、一九四一年生まれ。客家の文化が濃厚に保たれている環境の中で育った作家たちの最後の世代であろう。彼の創作のモチーフは、大部分が農村の生活や人物である。なかでも、変貌しつつある現在の農村における女性の特徴をよくとらえている。「伯母の墓碑銘」は、国民党の恐怖政治を告発した小説で、のどかな農村に生きる女性が、白色テロに巻き込まれるさまを描く。この小説の副主人公である「呂永政《リュヨンチョン》」が「伯母」の葬儀に駆けつけ、在りし日々を回想する。「呂永政」は、白色テロによって両親を失ったのち「伯母」に養育された。「伯母」の家は、家族が多く、三世代が同居している。夫は左官だが、家では農地を借りて耕作し、「伯母」一人が家の内外のことを切り盛りし、家族全員の面倒をみている。「伯母」は、「呂永政」が望むような慈愛に満ちた「母親」では全くなかった。むしろ、気が強くとげとげしくて、彼の進学にも反対し、「呂永政」は「伯母」に対して恨みすら覚えていた。しかし、「呂永政」は追憶のトンネルをくぐってゆくに従って、「伯母」の気の強さやとげとげしさはこらえきれない世の苦しみに直面したときに不可欠な自我の武装であったことに思い至る。心の中は、やはり慈愛に満ちていたのだ。この作品は、白色テロの政治的迫害に耐える人物を描いているが、作者は鍾理和の長子で、一九五〇年に起こった『光明報』事件の主役——基隆中学校長鍾浩東《チョンハオトン》の甥でもある（鍾浩東は鍾理和の異母兄弟。戦後基隆中学の校長を務めるかたわら、共産党の地下活動を行い、『光明報』という新聞を密かに発行していた。それが発覚して多数の同校関係者が逮捕された）。「伯母」は、作者の周辺にいる実在の人物であり、また異なる角度から客家の女性を描くものである。

「大根女房」は、リアルにかつ象徴的に、客家の社会を描いている。鍾鉄民は、客家の農村の変遷を観察し続けている作家でもある。「大根」は、芋と同様に農村のシンボルであり、客家人にとって、大根の漬物で名を挙げた人物は、額に「客家女性」の登録商標を貼り付けているようなものである。大根を素材にした食品は、客家の家庭では欠くことのできない家の宝なのである。まさに「一家の宝」である「大根女房」が、農業をやめ、村を出て、都市で生活するという事態は、農民が生きづらくなっていることを暗示するものではないだろうか。羅香林によると、客家の社会では、男子は家を出て働き、女子は家を守るものだが、台湾の客家女性は生活のために家を出て働こうとしている。「大根女房」は、客家社会の変容しつつある現在をありありと伝えるものである。

呉錦発《ウチンファ》は、一九五四年生まれ。七〇年代の郷土文学論争以後に登場した作家たちの中の代表的存在である。客家集落での生活体験を書くことは、もはや創作の目標でも責務でもなく、同化が進む台湾社会に完全に溶け込んだ、新しい世代の書き手である。「燈籠花《ハイビスカス》」は、親子の情を描いているが、エスニックな記憶は完全に隠れている。小説の中の「母親」は、北海道生まれの日本人で、日本に留学していた「父親」に嫁いだ。「燈籠」は、夫について台湾に来るとき、彼女の母が見送りの際に使ったもので「母親」の脳裏に焼きついた記憶である。「燈籠花」は、この記憶が転化したものである。異境に嫁ぎ年老い病に倒れた日本人妻が、客家人の嫁の悪罵に遭い、虐められる、その晩年の寂しさとせつなさをこの作品は描いている。客家の家庭の話であることを明言してはいないが、作中の新世代の嫁にも客家的なものの見方が反映されているようだ。我の強い、親不孝な嫁は、責任感が強く、世の中の苦難に対して怨みごとを言わず、一人で耐える客家の女性ではもはやない。この作品によって、客家人女性の変貌を知ることができよう。

彭小妍《ポンシアオイエン》は、戦後生まれだが、両親が大陸出身で、いわゆる外省人の客家である。「客家村から来た花嫁」は、その外省人としての経験をもとにした作品である。四十過ぎの外省人の教師が、仲人の世話で、十七歳の客家の女子を娶る。この女性は、見た目には健やかで五体健全なのだが、知的障害があった。毎日規則正しく洗濯し、食事の準備もできるのだが、それ以外のことができない。この小説は、客家の女性を描いているというよりも、混乱した時代がもたらした、外省人と客家人の奇妙な縁を描いているにすぎない。けれども、二・二八事件（戦後台湾を接収した国民党の横暴な支配に対して不満をつのらせていた台湾人が、一九四七年二月二十八日にある事件をきっかけに台湾全土で抗議運動を起こした。その結果、国民党政府によって推定二万八千人の台湾人が殺戮された）の影がなお存在した時代のこの結婚物語は、すべての客家移民の心の底に時空を超えて流れる何ものかを表現しているのかもしれない。

以上六人の作家、九篇の作品のみによって、台湾客家人作家の作品の全貌を総括することはできないが、「客家の女性」というテーマをとおして、客家人作家の最も輝かしい特色を鮮明に示すことはできたと思う。「客家の女性」というテーマは、台湾の客家文学を理解するための恰好の入り口であるばかりでなく、客家人作家の作品の客家的要素を考察するための、恰好の尺度ともなるだろう。

（澤井律之　訳）

松浦恒雄（まつうら　つねお）
一九五七年、大阪府生まれ。
神戸大学大学院修士課程修了。現在、大阪市立大学大学院文学研究科助教授。
著書に、『中国のプロパガンダ芸術』（共著、岩波書店）などがある。

安部悟（あべ　さとる）
一九五五年、大分県生まれ。
大阪市立大学大学院博士課程修了。現在、愛知大学現代中国学部助教授。
論文に、「中国語と日本語――翻訳をめぐって――」『ことばを考える2』（駿河台出版社）などがある。

澤井律之（さわい　のりゆき）
一九五六年、大阪府生まれ。
神戸大学大学院博士課程修了。現在、京都光華女子大学助教授。
著書に、『台湾新文学と魯迅』（共著、東方書店）、訳書に、白先勇・張系国他『バナナボート』（共訳、宝島社）、葉石濤『台湾文学史』（共訳、研文出版）などがある。

三木直大（みき　なおたけ）
一九五一年、大阪府生まれ。
東京都立大学大学院博士課程修了。現在、広島大学総合科学部教授。
訳書に、「而已集・三閑集」『魯迅全集』（共訳、学習研究社）、「史鉄生」『現代中国文学選集』第三巻（共訳、徳間書店）、張大春「将軍の記念碑」『台北ストーリー』（国書刊行会）、王拓「金水嬸」『鹿港からきた男』（国書刊行会）などがある。

渡辺浩平（わたなべ　こうへい）
一九五八年、東京都生まれ。
東京都立大学大学院修士課程修了後、博報堂に入社。同北京駐在員事務所、上海駐在員事務所勤務を経て、九七年より愛知大学現代中国学部常勤講師。現在、北海道大学言語文化部助教授。
著書に、『北京市朝陽区建国門外』（文藝春秋）、『上海路上探検』（講談社）がある。

新しい台湾の文学

客家《ハッカ》の女《おんな》たち

2002年4月25日初版第1刷発行

著　者　鍾理和《チョンリーホー》　李喬《リチアオ》　彭小妍《ポンシアオイエン》　呉錦発《ウチンファ》　鍾鉄民《チョンティエミン》　鍾肇政《チョンチャオチョン》

監訳者　松浦恆雄　訳者　安部悟　澤井律之　三木直大　渡辺浩平

発行者　佐藤今朝夫

発行所　株式会社 国書刊行会

〒174-0056 東京都板橋区志村1-13-15

電話 03-5970-7421　ファクシミリ 03-5970-7427

装幀者　下田法晴　大西裕二（s.f.d.）

印刷所　サン巧芸社　株式会社エーヴィスシステムズ

製本所　大口製本印刷株式会社

http://www.kokusho.co.jp

This book is published in collaboration with
the Council for Cultural Affairs, TAIWAN R.O.C..

ISBN4-336-04383-3